U0048278

黃易

日月當空

卷十二

目次

第一章 早有前定

神鷹在澄藍的高空旋飛數匝，發出嘹亮的鳴叫，才一衝而下，到達他們頭頂兩丈許的高度，伸展巨翼，拍打降速，緩緩落到風過庭橫舉的手臂處，銳利的鷹目，先深瞥主子一眼，然後往龍鷹和萬仞雨掃射。

不知為何，眾人都感到牠更具靈性。

萬仞雨道：「現在輪到去找我們的乖馬兒了。」

風過庭道：「何須尋找？讓鷹兒去召牠們回來。」嘬唇發出連串指令，神鷹振翼而起，迅速高飛遠去。

龍鷹欣然道：「雪兒牠們肯定在百里之外，我們先去起出兵器馬鞍，待牠們回來後，立即上路。」

又道：「你們不必陪小弟到高原去，從這裡入關回神都，至少可省半個月的路程，何況我還要在高原至少逗留十天半月，時間長短須看美修娜芙的情況。」

三人邊說邊朝藏兵器馬鞍的密林舉步。

萬仞雨心切返神都見翡芳華，顯然意動，向風過庭道：「公子怎麼說？」

風過庭漫不經意的道：「到高原去，於我是順路，抵金沙江後，我會另有去處。」

龍鷹和萬仞雨交換個眼色，均覺異樣。

風過庭道：「請勿追問。」

萬仞雨歎道：「沒有你們作伴，旅途將變得非常難捱，到邏些城後再作打算吧！」

龍鷹探手搭著風過庭肩頭，語重心長的道：「兄弟！不論到何處去，讓小弟陪你去吧！我隱隱感到，我對你會有幫助，雖然我仍不曉得在你身上發生過甚麼事。」

萬仞雨在另一邊抓著他的手臂，誠懇的道：「比起你的事，早回遲回是小事，我也開始沾染了龍鷹的靈覺，感到有我們陪你去，比不陪你去好。」

風過庭苦笑道：「你們終忍不住了，這豈非等若另一種逼供？」

龍鷹坦然道：「甚麼都好，經過這段日子，公子該深明一人計短，二人計長，三人則……哈！成了諸葛亮的至理。」

風過庭道：「此事與計長計短沒有任何關係。」

三人來到藏兵器馬鞍刻有印記的巨樹旁，停下來繼續說話。

萬仞雨道：「那即是說，事情的成敗，須看老天爺的意旨，如此你更需龍鷹這小子，他總是能人所不能。」

風過庭道：「我的事，可能窮下半輩子仍是好夢成空，如此蹉跎你們寶貴的歲月，我會很過意不去，且形成很重的壓力。」

龍鷹道：「放心吧！我有個直覺，公子必會圓夢，這叫冥冥之中，自有主宰。又叫……」

萬仞雨道：「又叫『天地之間，莫不有數』，對嗎？公子不要理他的廢話，不若先把你的心事說出來，再看我們能否幫忙？」

風過庭轉向龍鷹道：「你是否眞有這樣的直覺，勿要哄我，否則我和你絕交。」

龍鷹正容道：「事實上我一直有這個感覺，當你第一次撫摸尚未採出烏金的天石時，感覺更強烈了，似是公子與東南方遠處的某一事物，建立起神奇的連繫，所以當時我立即湧起念頭，要把鑄成的天劍給你。」

風過庭的眼睛亮起來。

萬仞雨關切的問道：「這小子有胡謅嗎？」

蹄聲從遠方傳來。

風過庭避開兩人目光，道：「上路後再說吧！」

三把天劍出爐後，勝渡、龍鷹、萬仞雨、風過庭、荒原舞、風漠輪番出手，將精坯反覆鍛打成型。錘法亦大有講究，大致是先重後輕，直至劍體勻稱，再進行冷鍛、淬火、磨刃、開鋒等工序，體力和技術的要求均遠超龍鷹等新手的想像，火候的控制更屬關鍵，否則會出現夾灰、偏鋼等缺陷。最考人的是回火溫度的調校，令天劍得到最佳的韌度和硬度。

夜以繼日的在作坊內苦幹九天九夜後，三把天劍終大功告成，出乎眾人意料之外，不但沒有龍鷹烏刀的色澤，還晶潔玉白，刃薄如紙，根本無從開血槽，更不知為何愈淬煉鍛打，會變得愈薄，像隨時會折斷的模樣，不過當風過庭等逐把劍測試，拿來和龍鷹的烏刀對打，天劍以鐵錚錚的事實，向他們展露王者之姿，任龍鷹如何狂劈硬撼，劍鋒仍是完好如新，令眾人嘖嘖稱奇。

最駭人的是天劍來到風過庭這位宗師級的劍手手上，就變得疾如電閃，迅似轟雷，連龍鷹也吃不消那種速度。

鑄劍成功後，勝渡暫留龜茲，由龜茲王白赤派人知會黠戛斯的大汗，告知天劍的事，請他派人來接勝渡這個新任的鑄劍大師攜天劍返國。

龍鷹三人則與風漠等，帶著遺體經捷道回且末去。荒原舞、花秀美兄妹堅持送他們一程，直至捷道入口。後者終領教到龍鷹所謂的「不欺暗帳」是怎麼一回事。

抵達于闐，已是盛夏時節，龍鷹等與風漠和一眾且末人兄弟殷殷話別，婉拒了駱駝王的熱情招呼，立即往尋鷹兒、馬兒。

急趕兩天路後，三人進入崑崙山區，在一山谷內紮營休息。

他們生起篝火，燒烤打來的野味，雪兒等三匹馬則在營地旁吃草休息。

三人圍坐閒聊，萬仞雨道：「眞古怪，我們三匹寶貝馬兒，腳力似尤勝從前，大有脫胎換骨的異狀。」

風過庭道：「牠們的眼神亦有變化。」

龍鷹道：「這叫日進有功。近幾年來，我們不住以眞氣催促牠們，然欲速不達，到我們讓牠們回歸大自然，牠們得到縱情馳騁的機會，自然而然下，逐漸將馬體內長期積聚的眞氣容納吸收，眞正地成爲馬中的高手。哈！大概是這樣子吧！」

萬仞雨欣然道：「希望你的猜測是對的，那至少可令牠們延年益壽，百病不侵。」見風過庭若有所思的樣子，問道：「公子在想甚麼呢？」

風過庭問龍鷹道：「你眞的有感應嗎？」

這句話沒頭沒腦的，但兩人均清楚他說話的含意，亦可見他是患得患失，故忍不住主動提起此事。

龍鷹點頭道：「當日我去見席遙，他曾論及對《易經》的看法，說八八六十四卦是一個完美的體系，如果我們懂得去運用，可令原本深藏在我們身上的靈性，得以發揮，甚至能預測吉凶禍福。公子的天劍，等於《易經》之於席遙，透過它，公子的靈性亦被引發。我的感覺對嗎？」

風過庭急促的喘了幾口氣，歎道：「我開始感到你不是找話來安慰我了。」

萬仞雨喜道：「竟然是眞的，公子有特別的感覺嗎？世間的事，的確無奇不有。唉！聽過仙門之秘後，還有甚麼事是不可接受的呢？」

龍鷹道：「我們眼前的天和地，頭頂上的星空，本身已是個無窮無盡的謎，只是我們習慣了不去想它。」

轉向風過庭道：「該公子說哩！」

風過庭道：「這方面要從進入綠色捷道說起，第一晚我便做了個奇怪的夢，置身在一個很美麗的河谷，河岸佈滿營帳，營地內全副武裝的騎士此來彼往，卻像看不到我似的。我走到河旁，蹲下望入河水裡，忽然白晝變成黑夜，繁星滿天，在星光下，水裡現出倒影，卻不是我的倒影，而是，而是……唉！然後我驚醒過來。我從未有過這般清晰的夢境。」

萬仞雨皺眉道：「你認識倒影的主人嗎？」

風過庭慘然點頭，道：「之後連續數晚，我都做同樣的夢。然後是無夢的晚夜，或許是太疲倦了。直至龍鷹說及有關仙門的事，我終開了竅似的，夢境不但變得多采多姿，還在夢境裡清楚自己正在做夢，知道自己要在夢裡尋找倒影的主人，卻是有心無力，最後總是迷失在夢域裡。」

龍鷹雙目魔芒大盛，緩緩道：「她回來了，正透過天石召喚你，所以當你撫摸天石時，我同時生出感應。」

萬仞雨一頭霧水的道：「你在說甚麼？」

風過庭雙目亮起來，沉聲道：「眞的有輪迴轉世這回事？」

龍鷹道：「若我們信席遙而不移，便該是千眞萬確。」

萬仞雨道：「她是誰？」

火光掩映裡，風過庭黯然道：「請不要問，我習慣了不去想以前的事。」

龍鷹道：「以前的事再無關重要，最重要的是她回來了。」

風過庭道：「你感應到她嗎？」

龍鷹道：「當你撫摸天石，我感應到你和她之間的連繫，那是沒法形容的感覺。」

風過庭淒然道：「我的靈覺遠及不上你，當時只是強烈地想起她，想回到她埋香之地。唉！」

龍鷹和萬仞雨呆看著風過庭，爲好友不堪回首的往事而心痛。風過庭仰首望往星空，臉上現出不可名狀的哀傷，徐徐道：「我要去找尋她，但找到她又如何呢？她再不是那個人了。」

一陣寒風拂來，吹得篝火火舌竄冒，明滅不定，風過庭說的雖是虛無縹緲輪迴再生的事，卻又是那麼實在。兩人不由得心生寒意。

龍鷹道：「公子準備到哪裡尋找她？」

風過庭浸沉在傷感的回憶裡，夢囈般道：「她生前曾說過，她成長的地方，是世上最美的地方，所以永遠不會離開，如果她重返人世，該就是那裡。唉！我的老天爺，我怎曉得呢？」

兩人均爲他頭痛，即使風過庭心愛的女子投胎轉世的回來了，但隨之而來的問題，卻非是那般簡單。她不單是另一個人，且若是剛投胎再生，現在則仍是襁褓裡的嬰兒，是男是女？長相如何？根本無從猜估。

龍鷹想起人雅，道：「她身體有特徵嗎？」

風過庭呆了半晌，道：「在她肚臍左旁，有顆紅色的小痣。」

龍鷹道：「這就易辨了，若她一心回來與你再續前緣，定會保留可供你辨認的印記，該就是此顆紅痣。」

萬仞雨道：「事情發生在多少年前呢？」

風過庭道：「到現在快十六個年頭，那時我十七歲，她比我長三歲。」

龍鷹道：「若她死後立即投胎，現在該是個亭亭玉立的小姑娘。」

萬仞雨欲言又止。

風過庭瞥他一眼，苦笑道：「你是否想說，她只可能在轉世前向我送出訊息，故而極可能當我遇上天石，正是她轉世前的一刻。唉！我想得心都累了。」

龍鷹道：「我可保證非是如此，我感覺到你和她的神秘連繫時，直覺感到訊息來自遙遠的往昔，可知這訊息一直密藏在公子的靈覺內，被天石點燃引發。」

風過庭立即抖擻起來，雙目神光閃閃。

萬仞雨爲風過庭放下一件心事，問道：「之後公子還有做夢，又或是有奇異的感覺嗎？」

風過庭道：「不是沒有，但只像浮光掠影，再不像開始時般的強烈。」

龍鷹斷然道：「到高原後，給我十天時間慰妻，然後我們到南詔去，找不到公子重返人世的女人，誓不罷休。」

風過庭劇震道：「你怎曉得她在南詔？」

龍鷹抓頭道：「我亦弄不清楚，只是衝口而出。他奶奶的，眞古怪，像有人把『南詔』兩字放進我的嘴巴裡去。」

萬仞雨關切的道：「眞的是南詔嗎？」

風過庭驚異之色未褪，認眞的打量龍鷹，點頭道：「她的生地，確屬我們眼中的南詔地帶。」

萬仞雨向龍鷹道：「小子確實有點本領，可以告訴公子，爲何你認爲他可尋得輪迴轉世回來的女子呢？」

龍鷹道：「這是沒法解釋的感應，玄之又玄，又是那麼確切眞實。神秘連繫的另一端，充滿期盼、渴望和歡樂，可知絕不會慘淡收場。現在我們不宜胡思亂想，一條心的到南詔去尋人，只要找到公子夢境裡的美麗河谷，便是伊人轉生之地。此乃前生之緣，公子看見她時，肯定有特別的感覺。」

風過庭顯得方寸已亂，急喘幾口氣後，道：「就這麼辦。」

轉向萬仞雨道：「有龍鷹陪我去便行了，萬爺好該快點回去探望聶大家。」

萬仞雨微笑道：「此事怎可欠我一份？南詔是個諸族割據，比西域還混亂的地方，有我的井中月在，橫衝直撞時可輕鬆一點。」

龍鷹道：「南詔究竟是怎樣的一個地方？」

萬仞雨道：「南詔是對雲南洱海地區廣闊土地的統稱，散居著不相從屬的大小部落，各據山川，各自爲政，部落間常有爭奪，養成好勇鬥狠的風氣。至於其中的情況，公子該最清楚。」

風過庭道：「我到南詔去，並不是要認識南詔，爲的是別的事，故所知有限。就我所知悉的，三國時諸葛亮曾率兵南征，平益州，兵至雲南，當時南詔區最大的酋邦是『白子國』，以白崖爲基地中心，往外擴展。諸葛亮爲安撫邊郡，冊封『白子國』首領龍佑爲『西洱河侯』，並賜姓張氏，用之以對西洱河諸部落實行羈縻之治。大唐開國時，『白子國』的首領張樂進被封爲『雲南國詔』，南詔一語，怕該就是由此而來。」

萬仞雨道：「白子國仍在嗎？」

風過庭道：「已被另一個叫蒙舍詔的民族吞併了，現時南詔區有六個較爲強大的酋邦，除蒙舍詔外，還有蒙巂詔、邆睒詔、施浪詔、浪穹詔、越析詔。六大詔族外還有很多較小的種族，而他們間的關係，非是我們這些外人能明白的。吐蕃在欽陵時代，多次出兵南詔區，收服了多個種族，彼長此消下，我們現在對南詔的影響力，已大不如前，甚至被排斥仇視。」

萬仞雨道：「這麼看，我們絕不可暴露身分，否則會招來煩惱。」

龍鷹道：「這樣一個紛亂的地方，寬玉絕不肯放過，大江聯其中一個總壇，設於金沙江非是沒有原因。且南詔是大江聯販賣人口兩大主要來源地之一，說不定我們可順手對大江聯再施一記重擊。」

萬仞雨皺眉道：「公子的事最要緊，不宜節外生枝。」

風過庭道：「公還公，私還私，一切看老天爺的安排。」

龍鷹拍腿道：「說得好！我們回帳好好休息，明天繼續趕路，眞希望明天便可抵達南詔。哈！」

第二章　母子平安

三人全速趕路，旅途當作修行，每天讓馬兒休息兩個時辰，他們則打坐調息，夜以繼日，到抵達雅魯藏布江，已是秋色滿目。

橫空牧野領著大隊人馬，聞風出城來迎，隨行者還有悉薰、林壯等舊相識。眾人在馬背上進行擁抱禮，相見極歡。

橫空牧野擁抱龍鷹時，祝賀道：「恭喜！恭喜！美修娜芙已爲我的兄弟誕下強壯活潑的男孩，母子平安。」

龍鷹震道：「我竟來遲了！」

橫空牧野大力拍打他肩背，笑道：「不是你來遲了，而是孩子早了七天出世。來！我們邊走邊說，勿要讓美修娜芙久候。」

眾人並騎而馳，快馬加鞭，到進入偉大的邏些城的外圍，方放緩馬速。

邏些城爲吐蕃首府，位於雅魯藏布江支流邏些河中游北岸，陽光充沛，又有「日光城」

之稱。此城在秦代時屬古羌之地，到漢代吐蕃人崛起，逐漸發展爲軍事、經濟和文化的中心。

到吐蕃第三十二世贊普松贊干布，吐蕃人將都城從跋布川遷往邏些城，並在布達拉山上興建宮室。邏些又稱邏娑，意即「聖地」。

布達拉山上的布達拉宮，位於邏些城之西，內有宮殿、靈廟、佛殿、靈塔、經堂、庭院、廣場、箭樓，環以城牆，是高原上規模最大的超級戰堡，代表著吐蕃王權統治高原的政經地位。

布達拉宮外還有位處城中心的大昭寺，乃中土和吐蕃建築藝術合璧的顛峰之作，八座殿堂相連，梁架斗栱是漢族的建築技法，但柱頭檐部卻是吐蕃的裝飾風格。

大昭寺外又有城北的小昭寺和多座寺廟建築，都是巧妙地糅合了大唐和吐蕃的技術和藝術，令人歎爲觀止。

此時橫空牧野已成吐蕃國一人之下的大論，擁有自己的戰堡，此堡位於城外東郊一座山上。橫空牧野曉得三人不喜應酬，逕自領他們回戰堡。

橫空牧野向龍鷹道：「美修娜芙仍未曉得你回來，因我怕她不顧一切的去迎接你，雖說她已行走如常，但產後不久，實不宜騎馬。」

另一邊的萬仞雨笑道：「長得像他嗎？」

後面的林壯道：「像同一個模子倒出來那樣，所以甫出世，我們已喚他作小鷹爺。哈哈！」

風過庭莞爾道：「那眞要一睹爲快呵！」

龍鷹心中充盈沒法形容的喜悅，差點便要以彈射之速去見美修娜芙母子，因爲他終於擁有自己的親生骨肉，出自心心相愛的美女。被押離荒谷石屋時，哪想過會嘗到如今天般成家立業的動人滋味？

在後面與林壯並排的悉薰道：「鷹爺準備在這裡逗留多久？」

橫空牧野投往他的目光裡，充滿熱烈的期盼。

龍鷹歎道：「只能留十天，因有十萬火急的事等著去做，這句話，最怕的是要向美修娜芙說。」

橫空牧野露出失望神色，道：「這麼快便要離開，不過我是諒解的。反不用擔心美修娜芙，我們吐蕃的女子，都明白丈夫志在四方的道理。在現今紛亂的形勢裡，你更不可能長時間陪在她身旁。」

堡門大開，眾人登上入堡的寬敞斜道。

橫空牧野又訝道：「公子換了劍嗎？」

萬仞雨笑道：「王子的眼很銳利，公子的劍出世剛好三個月，且是由他一手採礦和打製，堪稱天下間最薄最鋒快的劍。」

風過庭拔出彩虹，捏著劍鋒遞過來給橫空牧野，劍剛離鞘，縱然在陽光普照下，仍寒氣陡生，光華奪目。

橫空牧野接劍後橫劍眼前，不能相信的道：「世間竟有此神兵利器，光是看看已教人心生寒意，我從未見過如此的劍質，究竟是如何來的？」

萬仞雨有感而發的道：「此劍名彩虹，包含著一個令人心碎的故事，說來話長。」

橫空牧野以指尖輕抹刃鋒，愛不忍釋的道：「若世間眞有能斷金切玉的利刃，便該是這個樣子。我已爲你們推掉所有酬酢，不過王太后今晚爲你們設的洗塵宴，則怎都要給小弟一點面子。太后有意與大周再結姻盟，就看鷹爺的意向。」

王太后就是當今吐蕃王赤德祖贊的祖母沒廬氏赤瑪類，垂簾聽政，既有請求與大周通婚之意，可見在橫空牧野的提議下，有和大周修好之心。

龍鷹想起武延秀，眉頭大皺，道：「現在眞的未是時候，若我們聖上於武氏宗族裡挑個女子，嫁到吐蕃來，後果難測。最好待塵埃落定，大唐李氏重登皇位，會更爲穩妥。」

萬仞雨點頭同意，現出讚賞龍鷹的神態。

悉薰道：「鷹爺所言有理，敝主仍然年幼，亦不急在一時。」

橫空牧野道：「我們便等待鷹爺的指示，只要接到消息，立即奉上婚書，並派使團到神都迎親，再現當年迎娶文成公主的盛況。」

眾人來到王堡的主廣場，紛紛下馬。

龍鷹笑道：「兄弟也來耍我，這種國家大事，怎會輪到我做主？」

橫空牧野歎道：「鷹爺太謙讓了，大周女帝自掌權以來，只鷹爺一人有代駕出征的殊榮，現在默啜最害怕的人是你，而正因你在大周無官無職，反顯出你獨特的地位，你向女帝說一句話，比別人跪地痛哭流涕的苦諫十多天更有力。」

龍鷹想起與武曌恩怨難分，亦可能永遠弄不清楚的關係，苦笑道：「眞誇大！」

橫空牧野親切地摟著他肩頭道：「來！讓兄弟領你去見剛爲你誕下麟兒的女人，給她一個驚喜，看她開心成甚麼樣子。」

走了兩步，龍鷹回頭訝道：「一起來嘛！不是說過要看我的兒子嗎？」

萬仞雨笑道：「怕沒機會嗎？我們找個好地方聊天，待你和美修娜芙暢聚離情後，才來喚我們去看你們的寶寶。」

橫空牧野領他到達戰堡西北角一個優美的庭園，停下來道：「沿著這條小路走，是美修娜芙的香居，除她和孩子外，還有四個婢女，她們都是我從各地美女精挑出來，無不是上上之選，她們也成了你的私產，任你處置，除你外別人都不會沾手。哈！誰敢碰龍鷹的女人？」

龍鷹立告頭大如斗，道：「你豈非在害我？有美修娜芙，我已心滿意足，何來時間去應付這麼多女人？」

橫空牧野欣然道：「你縱橫戰場的本領，兄弟自愧不如，但說到享受人生，卻可做你的前輩。女人不是拿來應付的，而是讓她們伺候你，討你歡心，興致到時，拿她們來取樂，不想見時，著她們躲得遠遠的。我們的責任是保護她們，讓她們有幸福安定的生活。」

龍鷹心忖自己和橫空牧野對女人的態度，南轅北轍，根本沒有討論的餘地。岔開道：「欽沒如何收場？」

橫空牧野道：「給他溜走了，只宰了岱仁巴農囊札、開桂多囊和奸黨共千多人。現在高原南部與他們有關係的屬幫尼婆羅和悉立相繼叛離，我已派了田木金方去討伐他們。政局大致穩定，但在處理與赤瑪類的關係上，仍須小心翼翼。」

龍鷹心道政治就是如此，誰人掌權，都會將敵對派系連根拔起。同時想到武曌的情況，

她的一個恐懼，該就是若給李氏回朝，會將她的武氏宗族趕盡殺絕。這是個死結，根本無從解開

橫空牧野拍拍他肩頭，道：「去吧！」

踏著碎石徑，龍鷹有踏上生命另一階段的動人感覺。從過去似不用負上任何責任的風流浪子，到現在成爲新出生的寶寶的父親，他感到往昔的某部分已經永遠結束，寶寶的出世爲他的生命開展一個新的天地，多出種種可能性，既有趣亦引人。

不遠處的房舍傳來美修娜芙動人的嗓音，輕吟著他聽不懂抑揚頓挫的兒歌，他的心燃著了一團火，仿如置身於春天和新婚燕爾的氣氛裡。

美修娜芙似在喃喃自語，以漢語道：「寶寶多吃點，會快高長大，長大後變成像父親一樣那麼英雄了得，那麼的頑皮。咦！」

龍鷹出現入門處。

廳堂就像個超大的方帳，地上鋪著厚軟的羊毛氈，美修娜芙橫挨軟氈上，枕著蒲團，敞開衣襟，正餵寶寶吃奶。四名婢女環繞他們母子身旁，注意力全集中在寶寶身上，宛如看著寶寶，已是最大的賞心樂事。

美修娜芙嬌軀抖顫，美眸射出灼熱的光芒，異彩漣漣，金髮垂流的絕美花容，現出扣動龍鷹心弦的驚喜，「呵」的一聲張開香唇，卻說不出話來。

四婢感覺到她的異樣，四雙眼睛往龍鷹投來，吃驚下跪伏地上，以吐蕃語齊喚「鷹爺」。

確如橫空牧野形容的，此四女無不是一等一的美女，姿容絕不在他的麗綺八美之下，身長玉立，體態撩人，年紀在十六、七歲間，充盈青春健康的活力和氣息。

龍鷹無暇計較爲何眾婢只瞥一眼，便知他是龍鷹，一閃身來到美修娜芙旁，蹲坐下去，左手緊摟美修娜芙肩頭，另一手撫上愛兒有少許濕的小頭顱，先深深看寶寶一眼，然後溫柔地吻金髮美人兒的香唇，她的嘴兒豐潤灼熱，橫度羌塘無數個激情晚夜的甜蜜回憶，在這一刻從他的記憶深處潮浪般湧出來，而自己心愛美女懷抱著的，正是羌塘驚險浪漫之旅的成果。

唇分。

龍鷹目光沒法從兒子身上離開片刻的道：「你們起來，不用多禮。」

四女改爲跪坐，卻不敢抬頭看他。

看著初生的愛兒，龍鷹百感交集。

明知不應該，但彩虹夫人和玉芷被裹屍布包裹著的可怕情景，又從被埋藏的記憶深處鑽出來。

世上該沒有任何事物，可比出生和死亡的對比更強烈。剛出生的嬰孩，充滿生機和對生命的渴望，死亡卻是冰冷、寂靜，再不爲人世間任何事物所動。生死之間，存在著無法逾越的鴻溝。但眞的是那樣子嗎？

從來沒有實質的證據，顯示精神的某部分在肉體死後繼續存在，自己的死而復生，席遙的輪迴轉世，可當作是眞憑實據嗎？正如萬仞雨說的，假設相信了仙門的存在，那末任何離奇古怪的事，也變得沒那麼離奇古怪。新的生命進入人間，又離開人間，似是隱隱裡有跡可循。

他不知爲何會想到如此的諸般問題，可是看著自己的兒子，腦袋卻似不受控制。寶寶現在的生命便如一張白紙，命運會在這張白紙上，寫上甚麼東西呢？

這個想法令他感到戰慄。

美修娜芙將寶寶送到他手上，龍鷹珍而重之的輕輕抱著，喚道：「我的娘！長得眞像我，難怪她們認得小弟。」

美修娜芙嘟著嘴兒道：「人人都說他像你，卻沒有人說他像我。」

龍鷹樂不可支的逗弄愛兒，邊道：「異日再生個寶貝女兒，肯定長得像她母親般美麗。」

龍鷹瞅見四婢都在偷笑，大訝道：「她們聽得懂漢語嗎？」

美修娜芙傲然道：「是我教她們的，服侍起你來時，方便一點。」

又輕輕的道：「終有一天，我們會到中土去嘛！」

美修娜芙使個眼色，其中一婢移近接過寶寶，龍鷹手不忍釋的讓寶寶離開懷抱時，美修娜芙牽著他的手站起來，朝內進走去。

龍鷹將她攔腰抱起，心忖萬仞雨果有先見之明，知他們會「暢聚離情」。問道：「痛嗎？」

美修娜芙玉頰霞燒，咬著他耳朵道：「只要想著你，美修娜芙甚麼都不怕。」

接著道：「人家胖了，你看到嗎？」

龍鷹心忖，不用抱上手，已知她重了幾斤，但怎敢說破？笑嘻嘻道：「只是豐滿了少許，比以前更迷人，仍是那麼苗條養眼。哈！我只在擔心，不知你的身手有否受影響，令你的床上功夫大不如前。哈！」

美修娜芙咬他肩頭，大嗔道：「鷹爺壞透了！」

龍鷹抱著她跨過門檻，踏足內房，笑道：「美修娜芙怎會變得愈來愈易害羞？實有負蕩女之名。」

美修娜芙不依道：「人家只是你的蕩女。」

龍鷹笑道：「甚麼都好！待會我還要到王宮去赴宴，所以先來哄你睡覺。」

美修娜芙用力拉他，齊倒往床上去。

嬌妻愛兒，人生之最，莫過於此。

纏綣纏綿裡，龍鷹回到荒谷小屋那五年之久的日子裡去，在那獨寂的生命片段中，他自然而然便融入奇蹟般的大自然內。每株植物、每塊石頭，大至飛禽走獸，小至螻蟻飛蟲，在用心觀察下，甚至代而入之，都變得妙不可言。它們代表的正是大自然的精髓，融入它們，等於脫離了人的世界。

接著的九天，在其他人諒解下，他幾是和美修娜芙及愛兒形影不離，享盡家室之樂。只有晚飯的時間，才有機會和橫空牧野等聊天說地，討論天下形勢。

橫空牧野已從萬仞雨和風過庭處，獲悉他們龜茲之行的經過，既為彩虹和玉芷的玉殞香消婉惜，亦為默啜得到失去了心核的天石，只得「龍鷹笑贈」四字小鐵牌而叫絕。道：「表面看雖是吃了一場敗仗，可是憑對方十倍以上的兵力，仍沒法留下你們三人，便是雖敗猶榮。現在我最擔心的是娑葛，恐怕他捱不了多久。」

又問龍鷹道：「你準備何時對默啜用兵？我怎都要出上幾分力。」

龍鷹沉吟道：「大江聯始終是我們的心腹之患，特別是由寬玉在背後主事。只有在沒有後顧之憂下，方可征伐默啜。」

萬仞雨點頭道：「突厥人來去如風的戰術，的確不易應付。我們一旦吃敗仗，寬玉必會趁機攪風攪雨。」

悉薰道：「婆葛危矣！」

風過庭問道：「你們因何對南詔出兵呢？」

正是在這次征伐裡，吐蕃之主被人刺殺，導致宮廷政變。

眾人靜下來，待橫空牧野說出來龍去脈。

第三章　洱海滇池

橫空牧野現出苦澀的笑容，道：「現時的南詔，可說是我們和貴國間的一筆糊塗帳，亦像春風吹又生的野草，平息一時後，又會死灰復燃，永無休止。」

目光投向龍鷹，續道：「如論形勢的複雜，尤勝塞外諸國，諸族夾在我們兩大強鄰間，各自為自己一時的利益看風使舵，又各自據地為霸，不住擴展，情況的混亂，可想而知。對於南詔的山川形勢，政經環境，由於悉薰大人曾多次出使，比我更在行，可由他向你們解說。」

眾人目光移到悉薰處。這位吐蕃的資深外交大臣，乾咳一聲，清清喉嚨，從容道：「事情須由貴國的初唐時期說起。先說其山川形勢，瀾滄江從高原奔騰而下，直抵貴國西南部的雲南地區，於我境和貴國交界處之南，瀾滄江之東，便是雲南地區兩個最大湖泊之一的西洱河，又稱洱海。另一大湖為滇池，大小不在洱海之下，位於洱海東南方，相隔千里。洱海區和滇池區，形成所謂南詔區的兩大經濟地域。洱海和滇池間地理環境複雜，交通不便，就在這個環境，聚集著多不勝數的民族，任你如何去記，也沒可能記牢這麼多族名。」

龍鷹、萬仞雨和風過庭交換個眼色，開始感到要在這個廣闊的區域去尋找一個「夢象」，是多麼不可能的事。

萬仞雨道：「南詔這個名字又是如何來的？」

悉薰道：「『詔』是王者的意思，南詔只是南方詔人的統稱，泛指聚居在洱海一帶的六個烏蠻部落，就是蒙巂詔、越析詔、浪穹詔、邆賧詔、施浪詔和蒙舍詔。六詔中以蒙巂詔和越析詔最強大。蒙舍詔則位處眾詔之南，也是唯一直至今天，對貴國從無異心的部落。」

龍鷹道：「我的娘！只是這六大部落錯綜複雜的關係，已教人頭痛，悉薰大人卻似如數家珍，教人佩服。」

風過庭虛心問道：「烏蠻部落外，是否尚有白蠻部落？」

悉薰以他一貫悠然自得的神態答道：「烏蠻、白蠻，爲洱海和滇池區兩大族類，同爲爨族，又大分東西兩爨，東爨爲烏蠻，西爨被稱爲白蠻，烏蠻的居地爲洱海區，白蠻則散居滇池周圍。要分辨究竟是烏蠻還是白蠻，看他們女人的衣著便成。烏蠻女子均穿黑衣，衣長曳地；白蠻婦人愛穿白衣，長不過膝，露出一截玉腿，非常易認。」

龍鷹興致盎然的問道：「這是否白蠻和烏蠻名稱的由來呢？」

橫空牧野笑道：「這個恐怕沒人曉得。」又向眾人道：「我這位兄弟，聽到『女人』兩字立即精神起來，不再怕頭痛。」

眾皆莞爾。

悉薰道：「除了婦女的衣著外，烏鸞和白鸞在很多方面均有差異，從文化論，白鸞受貴國影響較深，用的是你們的漢文字，語言接近，便像貴國的地區方言，只要花點時間，很易琅琅上口，懂耕田養蠶。烏鸞則以牧畜為主，不知耕織，無布帛，以牛羊皮作衣服。」

萬仞雨道：「我敢肯定在戰場上，白鸞非是烏鸞人的對手。」

橫空牧野點頭道：「事實確是如此。」

又歎道：「大家都在興頭上，談興正濃，可是你們明天便要離開，硬將鷹爺留著不放，我會給美修娜芙怨死。悉薰大人最好長話短說。」

龍鷹笑道：「大論大人請放心，美修娜芙已決定要陪小弟走上一程，所以除今個晚上外，至少另有十多個晚上。」

橫空牧野愕然道：「為何我不知道呢？」

龍鷹道：「這是我抵此前她剛下的決定，要她放下孩子多天，是個不容易的決定。」

橫空牧野向林壯道：「你親挑五百精兵，陪同上路，以保證我的女兒安然無恙的回來，路上可向我橫空牧野的三位兄弟詳述我們的『精兵行動』。」

萬仞雨訝道：「甚麼精兵行動？」

橫空牧野道：「只是一個軍事計劃的權宜之稱，本想在今晚說出來，現在可省去我的工夫。」

向悉薰打手勢，著他繼續說下去。

悉薰道：「白蠻和烏蠻的最大共同處，是都信奉鬼教，鬼教的大巫和主祭稱鬼主，各部落各自有其大鬼主，本只是負責祭祀儀式，不過九年之前，卻出現了令人意想不到的變化。」

橫空牧野肅容道：「這個變化，與先王征討南詔有直接的關係。」

悉薰道：「這方面暫時按下不談。自大唐立國，國勢大盛，先後設置姚州和戎州，管轄三十二個羈縻州，此時洱海六詔，全臣服於貴國。到我們吐蕃大權落於祿東贊之手，推行擴張策略，不斷蠶食貴方西境所設的羈縻藩州和藩屬，到貴國高宗龍朔三年，我們滅掉吐谷渾，與貴國間再無屏障，遂乘勝揮師南下，向川、滇地區擴展，且勢力直探進洱海地區，除蒙舍詔外，其他五詔全向我吐蕃臣服歸降，等於叛離貴國。」

橫空牧野苦笑道：「但我們亦沒有好結果。高原地大人稀，羌塘更是無人區域，不宜耕種，所以是打到哪裡吃到哪裡，令被征服的地域不勝負荷，日久生變，當我們在安西四鎮失利，國內生亂，洱海區的部落乘機反抗，又轉投大周。而不論投往任何一方，只是想取得靠山和支援，非是眞有臣服之心，對洱海六詔來說，首要之務是統一六詔，然後再往滇池發展，最後建立一個囊括整個雲南，包括洱海和滇池在內的強國。」

悉薰道：「貴國女帝覷準了形勢，於垂拱四年，復置姚州都督府，並增加衛戍兵力，本臣服於我吐蕃的川邊和青海諸部落，因不堪忍受頻繁的征伐作戰和沉重的苛索，紛紛歸附貴國。女帝遂趁機遣使到洱海地區積極安輯，令洱海諸部紛紛重新歸附大周朝。此正爲現時的形勢。」

萬仞雨長長吁出一口氣，咋舌道：「想聽明白已不容易，眞想不到南詔的情況如此複雜。」

橫空牧野接下去道：「就在這我們自顧不暇，貴國仍是鞭長莫及之際，六詔中最強大的蒙巂詔和越析詔，出現了一個史無先例的變化，就是兩大部落的大鬼主，同時攜手挑選一個共同的鬼主，此人名宗密智，不單武功蓋六詔，且有靈通鬼神之機。不論蒙巂詔之主佉陽照，又或越析詔之主波衝，均奉之爲師。故而宗密智身分雖是兩部落的大祭司，事實上其地位已淩駕兩族主之上，擁有決定性的影響力。此人野心極大，先驅使兩族聯合出兵，先後攻破我們邊界內多處據點，逼得先王不得不御駕親征。」

不知是否憶起往事，橫空牧野深沉地歎了一口氣，道：「我們以壓倒性的兵力，聲勢浩大的從高原開下來，兩族之主均嚇得魂不附體，獨只宗密智力排退避之策，還主張正面迎戰，說甚麼得神靈啓示，此戰有勝無敗，敵人必無功而返，且敵人領袖會被鬼神懲罰，性命難保。其時我們當然不明白，到現在自是一清二楚。我操他的十八代祖宗，宗密智肯定是大江聯的人。」

悉薰道：「此戰令宗密智建立起近乎神的地位，若任由形勢依目前情況發展，六詔臣服於他腳下，只是個遲早的問題。」

龍鷹微笑道：「那就要看我們能否宰掉他，搗破他裝神弄鬼的幌子。」

橫空牧野欣然道：「我的這口鳥氣，要靠兄弟爲我出了。離天亮尚有個把時辰，大家休息一會。明天我送你們一程，陪走半天路。」

送君千里，終須一別。

十六天後，終抵下高原的山路，龍鷹與美修娜芙依依不捨的分手，由林壯指派的嚮導領三人繼續行程。

龍鷹倒不擔心美修娜芙，皆因她心有所託，有子萬事足，只是千叮萬囑他必須盡早到高原來接他們母子回中土去。

抵達金沙江西岸，嚮導自行返回高原去，三人就在一處高地紮營，看著金沙江波濤洶湧的狂流，對岸便是有長江第一灣之稱的石鼓鎮，那種重回鄉土的滋味，難以形容。

龍鷹和風過庭都是舊地重遊，感觸特別深。龍鷹想著不遠處的虎跳峽，更是想得癡了。

萬仞雨問風過庭道：「仍有做那個奇怪的夢嗎？」

風過庭頹然道：「夢屁也沒半個，我似忽然失去做夢的能力，有的亦是支離破碎，整理不出意思來。」

萬仞雨不知如何可安慰他，說不出話來。

風過庭歎道：「我們是否在癡人說夢？在這般廣闊和地形複雜的區域，尋找一個夢境裡的河谷，最終會否一無所得，徒勞無功？夢境便是夢境，與現實世界根本沒有絲毫關係。」

萬仞雨終找到安慰他的話，道：「你的夢並不是普通的夢，我便從未連續幾晚做同樣的夢。」

風過庭道：「或許是日有所思，夜有所夢，我因受天石激發，所以腦袋到晚上仍不肯歇下來。夢只是身體熟睡後腦袋的胡思亂想。他奶奶的！我痛苦得想自盡。唉！只是說說，爲了鷹兒，我絕不會尋死，因爲牠是她留下來給我最珍貴的東西。看到牠，她似仍然活著般。」

龍鷹和萬仞雨交換個眼色。

萬仞雨道：「公子現在的情況，叫患得患失，你不相信自己的夢，也該相信龍鷹的感應。在這方面，他從來沒有出錯過。」

龍鷹斷言道：「不！公子該相信自己的夢，且要深信在不久的將來，定可尋得夢域裡的美麗河谷。」

兩人愕然瞧他。

在星光下，龍鷹雙目魔芒遽盛。

龍鷹道：「關鍵處在乎夢體。」

兩人靜待他說下去。

龍鷹道：「我們現在之所以知道自己活著，在乎我們有個身體，不但會走會動，以眼耳鼻舌身去感觸外在的世界，還會思考。這便是我們的存在。」

萬仞雨點頭道：「我明白了。在夢裡，我們可清楚感到自己亦有夢中的身體，而透過這個夢體，去與夢域裡的環境接觸互動。但是，夢中的情況，總有種模糊和不住變幻，難以掌握和不實在的感覺。」

龍鷹道：「這是因夢域是另一層次的現實，與我們習以爲常的世界不同，醒來後去想夢裡的事，更有隨時間的過去愈趨模糊的感覺。說到底，夢裡的世界，與現實並沒有直接關係。」

風過庭道：「縱然夢非是胡思亂想，但與能否尋得夢中的河谷，有何關係？」

龍鷹道：「當然大有關係。夢體正是能否有輪迴轉世最珍貴的線索。」

風過庭雙目射出異芒，沉聲道：「說清楚點。」

萬仞雨道：「我開始感到龍小子有點道理了。」

龍鷹道：「夢體可以有不同的名稱，例如叫三魂七魄，不論叫甚麼名字，總言之極可能是我們不會被死亡毀掉的部分，也是藉著此一部分，我們可以透過輪迴，獲得另一個人生。當處於那夢體般的狀態時，現實或過去亦變得模模糊糊，有如我們現在去想夢境。這並不只是一種推想，而是有無數的夢例作見證，比如死去的人向我們託夢，這種事可以發生在任何人身上，正因夢體與死者的靈體是處於同一層次，方有溝通往來的可能。」

萬仞雨倒抽一口涼氣道：「給你這小子說得我毛骨聳然。」

風過庭道：「這麼虛無玄秘的事，你是憑甚麼想出來的？」

龍鷹苦笑道：「直至煉成三把天劍，我不時夢到彩虹和玉芷豔光四射，花枝招展的出現在夢境裡，不住叮嚀小弟好好照顧玉雯。唉！我的娘！或許是因我的魔種，我實在沒法當作是一場春夢。便如莊周夢蝶，弄不清楚是自己夢見蝴蝶，還是蝴蝶夢到自己。」

萬仞雨道：「為何沒聽你說過？你老子，聽得我又傷心又心寒。」

龍鷹道：「說出來對大家有何益處？徒添傷情。」

接著向風過庭道：「你明白嗎？」

風過庭道：「明白了一點點。既是如此，我的夢境便非日有所思，夜有所夢，而是千眞萬確是她和我在溝通，告訴我一些事，讓我看到她輪迴再生後身處的地方。你這小子確有道行，我忽然又回復信心了。唉！我是不是很沒用呢？」

萬仞雨道：「當然不是，只因你過度關切，情緒因而大起大落吧！」

又道：「人說近朱者赤，近墨者黑，和龍小子相處多了，愈感到這世界神妙難測。」

風過庭道：「我們該感激他才對。世上最可怕和殘酷的事，莫過於死亡，這是毋庸贅言的。不僅從肉體的變化上看它是殘酷的，精神上亦是如此，忽然間，剩下的就是冰寒的死寂，且是沒法逃避。但假如鷹爺對夢體的立論正確，死亡便再非絕對和無權閃躲。」

又皺眉道：「可是為何我再夢不到她？」

萬仞雨道：「原因在你收到的，是她輪迴再生前寄出的幾封夢函，讀過後便完成知會你的神聖使命。我的娘！我現在開始像龍小子般想東西了。」

風過庭道：「因爲你在想方法安慰我。嘿！現在好多哩！」

龍鷹站起來，伸展四肢。

兩人訝然望著他。

龍鷹道：「秋天將盡，冬天在望，河水肯定冰冷，不活動一下不行。」

萬仞雨道：「你要泅水到哪裡去？」

風過庭道：「抵此前我看到上游七、八里處有座鐵索橋，不用泅水那麼辛苦。」

龍鷹道：「這是金沙幫的地頭，半夜三更大模大樣的過橋會惹人注目。大江聯說不定已曉得我們到高原去，派人監視往來高原和石鼓鎮的道路，應是合乎常理的手段措施。」

萬仞雨道：「不用我們陪你一道去嗎？」

龍鷹道：「我是要偷進石鼓鎮去見那裡的程展將軍。」

萬仞雨皺眉道：「多一事不如少一事，見他幹甚麼？」

龍鷹道：「還記得我提過有關池上樓的事嗎？這小子該早被押到神都，在來俊臣的伺候下，肯定連父母都給他出賣了。而若有關於人口販子的秘密情報，定會送到程展這裡來，我現在就是去收集最新的消息。」

兩人點頭稱善。

龍鷹奔下山丘，沒入滾流的河水裡去。

第四章　鷹窩試劍

翌日三人橫渡金沙江，朝西南方的洱海進發，天氣逐漸轉冷，果如程展所說的，極目均是崇山野原，沒有道路，地勢逐漸高起。山原地形複雜，美景卻是層出不窮。

橫斷山脈由吐蕃高原延展至雲南西北部，再朝東南伸展成玉龍雪山，再跨越金沙江至茅山、壺山。高起低伏，高低相差達數百丈，全是褶曲的山形，形成滇池西面延綿百里的大縱谷。

金沙江則在洱海西北部南下繞回，向東流往巴蜀區。遠近山勢延綿，泉清溪淺，林木幽深，不見人煙，宛如世外桃源之地。

是夜三人在一處谷地紮營，打來野味，生火燒烤。

三人坐在篝火旁，默默進食，氣氛異樣。

風過庭歎道：「你兩個傢伙在逼我說話。」

龍鷹道：「你不說出來，並沒有關係，只好作你的跟班隨從，看你領我們到哪裡去。」

萬仞雨道：「不說不說還須說，現在已進入雲貴高原，愈清楚你的事，愈可為你拿主意，三兄弟一起想，怎都好過你一個人去胡思亂想。」

風過庭苦笑道：「事已至此，還有甚麼好隱瞞的？唉！十多年了，我習慣了把事情密藏心裡，所以一時很難說出口來。」

龍鷹訝道：「公子頂多得二十七、八歲，十年前是十七、八歲，十多年前豈非發生在你十三、四歲的時候嗎？」

風過庭道：「你看人年紀的本領，和你判斷重量的本事差遠了，在下現在已三十有二，比萬爺年輕一歲。不過我出道極早，十三歲便出來闖蕩流浪。」

萬仞雨訝道：「十三歲？你父母怎肯容你在外流浪？」

風過庭苦澀的道：「我是離家出走的，假設那可算是一個家。我是農家子弟出身，居於成都附近一處山村，父母務農維生，可是九歲時父母相繼患上熱病過世，剩下我和大姊相依為命。不知有幸還是不幸，大姊容貌秀美，一次入成都買賣時被一富戶看中，收為妾侍，我遂隨她遷往成都。富戶的正妻早喪，另外還有兩個妾侍，待大姊確是如珠如寶，愛屋及烏下，我也得以讀書識字。不過我心中總感不滿，認為大姊是一朵鮮花插在牛糞上。這個姓張的富戶滿身俗氣，年紀比大姊大上二十多歲，由他正室和妾侍所生的九個子女，對我又非常敵視，我只好終日在外流連。其時我對道家最感興趣，也因而從幾個精通武術的道家高人處學到點東西，不過他們都不當我是徒弟，大部分是我偷學回來的。」

龍鷹道：「這些往事，你是否首次說出來？」

風過庭道：「我的確從未向人說過。現在回想當時，我被仇視是應該的。他奶奶的，任那群蠢才如何努力也弄不通的東西，我看一遍便明白，身體因習武變得愈來愈強壯，又因是半個野孩子而精通江湖門道，十四歲時已高大如成年人，不遭妒忌才怪。」

萬仞雨道：「你是否更不把他們放在眼內？」

風過庭道：「那時年少氣盛，又自恃聰明才智，自然不把他們當作一回事。終有一天，富戶的五個兒子連同三個年輕的壯僕，在後花園試圖教訓我。唉！在那種情況下，我怎懂得留手？打得他們全躺在地上爬不起來。不過我比他們更怕，匆匆留書出走，從此再沒回去。」

萬仞雨皺眉道：「你不掛念大姊嗎？」

風過庭道：「她剛爲富戶生下兒子，對我的關懷亦大不如前，我的離開還可減去她一樁煩惱。唉！事情並不是這樣子的，她肯定會因我的出走傷心欲絕，我是不敢回去找她，更不敢查探她的情況，因怕曉得不想知道的事。她是個很善良的人。」

龍鷹和萬仞雨都說不出話來，因從未想過爾雅風流的御前首席劍手，竟有如此不堪回首的出身來歷。

風過庭沉聲道：「這也是我生命的轉捩點。那時我十五歲，剛過生日，就在一座山峰之巔，目睹兩鷹在高空相搏，展開激烈的追逐戰，從中領悟到上乘擊劍之術，看得心迷神醉，於是削竹為劍，就在山中像野人般過活，不分晝夜的研玩劍法，創出我劍法的四十九式『本招』。」

萬仞雨點頭道：「這是所有武術大師的修練過程，最厲害的招式，均來自自創。」

風過庭仰望夜空，雙目射出回憶的深情，語調轉緩，靜如止水的道：「我同時記起從一個曾遊歷天下的老道長聽來的一個傳說，就是在大理附近，崇山峻嶺內藏著一個叫鷹窩的地方，聚集一群巨型的通靈神鷹，遂生出去一開眼界之心，亦可以之為劍道上的一次苦行修練。」

龍鷹道：「原來是要到大理去。」不由記起武三思，曾提過有一批從大理來，柔若無骨的歌舞伎。

風過庭道：「大理只是我們漢人叫的名字，因其地盛產大理石。位處澄睒詔和蒙巂詔勢力分界處，是個大型的市集和漁村，當地人稱之為『洱西集』，因其地集中著不少大理石工坊，因而得大理之名。」

萬仞雨道：「鷹窩該在大理之西，著名的蒼山就在那裡。」

風過庭道：「大理處於橫斷山脈和哀牢山脈的交匯處，最著名的當然是蒼山，蒼山十九峰間的十八條溪流，東注洱海。而狹長形的洱海走勢與蒼山平行，形似人耳，這也是洱海名稱的來由。洱海唯一出水口是西洱河，南流與瀾滄江匯合。蒼山與洱海間沃野萬頃，是洱海區最富饒的福地，也是眾詔必爭之地。你們要親眼看到，方曉得那是如何迷人的一個地域。」

兩人聽得悠然神往。

風過庭說時字字句句注滿深情的思憶，可見他對這片土地有過難忘的美麗經驗，也是他因之神傷魂斷，失落至今之地。

風過庭續道：「此地為白族聚居之所，近洱海處有百多間房舍，其他仍是氈帳，以畜牧、農耕和捕魚維生，武力不強，可說是在蒙巂詔和邆賧詔兩大強族的夾縫裡掙扎求存，大理白族有自己的族長和神巫，生活算是豐足安定。但現時洱海區的勢力平衡已因宗密智的冒起而被打破，我再沒法對此地的和平抱持樂觀的態度。」

龍鷹問道：「你找到鷹窩了嗎？」

風過庭目光投往左方的山峰，那是神鷹今夜歇足之所，徐徐道：「我扮作烏蠻人，繞過洱西集，潛往蒼山去。不論白族、烏族，都對外人有排斥之心。特別聚居在蒼山內一個自稱『鷹族』的烏蠻人，自視爲鷹窩的守護者，不容任何人踏足鷹窩半步。此族人人武技強橫，連其他凶狠的詔人也不敢惹他們。」

萬仞雨吁出一口氣道：「其中竟有如此轉折，眞的沒有想到。」

龍鷹道：「這叫無奇不有，而正因如此，鷹兒才避過捕獵之禍。」

風過庭哂道：「在鷹窩出生的巨鷹，是通靈的神鷹，根本不怕捕獵，居於險峻的鷹揚峰上，想爬上去絕不容易，且會被神鷹群起攻擊。我花了三個月的時間，從巴蜀走到大理，沿途專揀最高最險峻的山去攀登，專揀最湍急的河流來潛泳，當作是劍道練氣修行的一部分。到抵達蒼山時，我大有脫胎換骨的感覺。就是處於這種顚峰狀態下，我神不知鬼不覺的深入山區，攀上鷹揚峰之顚。」

萬仞雨訝道：「鷹兒沒攻擊你嗎？」

風過庭現出心迷神醉的表情，道：「正是要引牠們攻擊我。那時我年輕心怯，非是逼不得已，等閒不敢和人動手，更怕像打垮那班蠢蛋般打傷人，結下仇怨。可是沒有實戰，又怎知自己的功夫是否使得？於是我用小刀削了把鈍木劍，到鷹窩與通靈神鷹較量，只比招式，絕不傷牠們，更從牠們身上偷師。開始時不知有多麼狼狽，被牠們抓得遍體鱗傷，要躲進石隙裡去。到第十八天才初步掌握牠們靈動如神進攻退守的方式，到第九十三天，鷹兒再沒法在我身上留下爪痕，更奇怪的是再不肯攻擊我。那種動人的感覺，是沒法說出來的。」

龍鷹和萬仞雨聽得有會於心，就在此峰之上，一個蓋世劍手誕生了。

風過庭道：「鷹窩的百多頭巨鷹，接受了我的存在。我改為用心觀察牠們，不放過牠們動或靜的任何姿態，其盤飛下擊的軌跡，隱含著劍道之致。我神魂顛倒的過日子，腦袋裡只有神鷹，也不知過了多少日子，迷夢般的生活戛然結束。鷹族終發現了我這個入侵者。」

龍鷹笑道：「他們是活得不耐煩哩！」

風過庭苦笑道：「恰恰相反，活得不耐煩的是我。他們舉族五百多男戰士來圍攻我，我又因對他們心存感激，不敢傷他們。在懸崖峭壁之上，一個不好會弄出人命，只好全力逃走，逃出蒼山區前，被他們先後五次截著，幸好確是武技大進，最後都可破圍而遁。到逃出山區時，已中了三箭，其他輕重傷口達十多個，終支持不住，昏倒過去。想不到多年來求之不得的實戰，於三天三夜內得到足夠有餘的經驗。」

兩人可想像其中九死一生的驚險和艱難。

萬仞雨道：「你眞的沒傷他們一人？」

風過庭道：「可以這麼說，但命中對方穴道，令他們乖乖的躺一陣子，是免不了哩！」

龍鷹讚道：「只有公子能在那樣的情況下，仍然留手。」

又道：「是否她救了你？」

風過庭苦笑道：「事情仍有一番轉折，當我再次醒來，是在鷹族的帳幕內。」

兩人驚訝得瞪大眼睛，齊嚷道：「那你還有命嗎？」

萬仞雨道：「定是因他們見你不傷他們，認爲你是好人，破例開恩。」

風過庭道：「這只是其中一個原因，更重要的是當我倒地昏迷，鷹人想殺我時，幾頭神鷹從天上飛下來驅趕他們。」

龍鷹拍腿道：「不愧是通靈神鷹，牠們已視你爲友。」

風過庭道：「不過我的傷勢太重，他們的巫醫亦束手無策，且因失血過多，性命危在旦夕，經商議後，他們決定將我送往大理平原區最好的巫醫那裡，看可否挽回我的小命。」

龍鷹隨口猜道：「你心愛的人兒，是否爲巫醫的女兒？」

風過庭神色一黯，低聲道：「她便是巫醫。她有個很好聽的名字，叫眉月，她父親是洱海區最受尊敬的神巫，據說神通廣大，靈通鬼神，七十歲才誕下眉月，她亦繼承了父親神秘的稟賦，十二歲便懂爲人畜治病，通獸言，又能爲死去的人召靈。我被送到她的帳篷時，我現在的神鷹仍是頭雛鷹，尚未學會飛行便從高巢掉下來，受了重傷，與我一起被送到她那裡去醫治。」

萬仞雨吁出緊壓心頭的一口氣，歎道：「是個非常感人的故事。」

龍鷹道：「她長得美嗎？」

風過庭雙目射出無盡的傷情，沙啞著聲音道：「那年她二十歲，我只得十七歲。起始時我並不覺得她美麗，頂多是五官端正，膚色白得帶點病態，不過她有一種非常特別的氣質和風韻，不愛說話。我至少有一半功夫，是由她這支玩意兒打造出來的。看！」

從懷裡掏出一支長約七寸，晶瑩通透的長針。

鷹鳴聲從神鷹歇息處傳來，接著神鷹現身上方，盤飛而下。

龍鷹叫道：「不要將玉針給我。」

神鷹落往風過庭肩頭處，帶起的風吹得火屑從篝火大蓬揚起，像天上的星火來到三人之間，氣氛詭異至極。

神鷹目注玉針，再發兩聲悲鳴，震得三人耳鼓作痛。

萬仞雨駭然道：「先收起來！」

風過庭將玉針納入懷裡藏好，道：「她就是以此玉針，如有神助的刺激我的各大竅穴，經七天的療治，將我從已踏了半步進去的鬼門關硬扯回來，還令我的功力大有精進，亦是以此針，救回鷹兒的命。」

龍鷹道：「她肯定像盧循般，是個有通靈能力的非凡人。」

又道：「接著是否與她共墜愛河呢？」

風過庭道：「若是如此，今天便不用萬水千山的回大理去。她七天七夜衣不解帶的伺候我。累了就睡在我和鷹兒之間。我少不更事，仍未知她與我共宿一帳的含意，事後才知她在白族地位超然，不但不可碰觸，且不可以被直視。我更從沒想過愛上她，又或她愛上我，只視她爲另一個親姊，當然也沒有和她發生肉體關係。所以我康復之後，第一件事便是告訴她我要返中土去。」

萬仞雨皺眉道：「你沒說帶她一起回去嗎？」

風過庭痛心的道：「其時我唯一想的事，就是如何令劍法精益求精。」

龍鷹道：「她如何反應？」

風過庭啞聲道：「她像平時一貫的平靜，只著我小心一點，要避開烏族的勢力範圍。」

萬仞雨道：「換了我們兩個任何一人置身你的處境，也會離開到帳外的世界闖蕩，你實不用那般自責。」

風過庭道：「問題並不在這裡，而是我眞的愛上了她，且是瘋狂的愛上，只是當時並未察覺。」

龍鷹道：「就是這樣，你離開了她。」

風過庭道：「就是那樣子，平靜，沒有挽留，沒有幽怨的眼神，一切如常，就像平日我走到帳外，只是雙方都曉得，這次離開，我或許永遠不再回來，我亦沒有想過回去。」

龍鷹道：「你多久後才回去？」

風過庭道：「七天後，我忍不住回去。沒有了她在身旁，任何事物，包括我熱愛的劍擊，都失去了意義，最痛苦是晚上入眠時，沒有她在身邊呢喃細語，竟然是那麼難捱。我從沒想過會與她擦出愛火情花，可是沒有了她後的空虛和失落，令我曉得對她的愛竟是如此深刻和難以自拔。」

萬仞雨神色凝重的道：「你有想過是被她下了降咒嗎？據傳不少夷女精通此類異術，何況她是有名的神巫？」

風過庭點頭道：「的確有想過這個可能性，此亦爲我趕回去找她的原因之一。唉！我的老天爺，就在我離去後的第三個晚上，眉月被族人發現死在帳內，不但神態安詳，唇角還帶著一絲微笑。我回到大理的一刻，她已入土爲安。」

兩人呆瞪著他。

風過庭明白他們心中在想甚麼，淒然道：「只有我一個人知道，她是爲我自盡的。」

第五章　期諸來世

風過庭垂首道：「她曾多次向我說，有秘法可在三天內製造出一種叫『夢鄉』的劇毒，服食後，身體變得麻木，失去所有感覺，再沒有重量，只剩下逐漸模糊的意識，在呼出最後一口氣前，忘憂無慮，如若進入夢鄉，因此而得名。」

兩人說不出話來。

風過庭道：「族長見我回來，將她的一封遺書連著玉針交給我。遺書上沒有上下款，只有『期諸來世』四個漢字。自此鷹兒便跟著我。」探手以指尖輕梳神鷹背部的羽毛。

龍鷹看看風過庭，又看看他肩上的鷹兒，轉向萬仞雨道：「我們終弄清楚公子傷心往事的來龍去脈，萬爺有何看法？」

萬仞雨苦思片刻，搖頭道：「我的腦袋一片空白，這種事你比我在行。」

龍鷹道：「眉月既是通靈的神巫，會曉得一些我們不知道的事，她有點像席遙，因能與死去的幽靈溝通，故對輪迴轉世深信不疑，不像我們般純憑猜估，疑幻疑眞。」

風過庭道：「理該如此。」

萬仞雨道：「她既是通靈的人，大可透過卜筮，預知公子會浪子回頭，何用出此絕策，了結自己的生命？」

龍鷹拍腿道：「此正爲關鍵所在，正因她是通靈的人，所以從開始已知此生與公子無緣，只能期諸來世。」

問風過庭道：「你和她有過身體觸碰嗎？」

風過庭道：「的確沒有，包紮傷口，都由她的侍婢去做。事實上她從沒有向我表示愛意，永遠是那麼冷冷淡淡的，但其中又包含著無限溫柔，無微不至的關懷。事後回想起來，尤令人肝腸欲斷。」

龍鷹大喜道：「這就成了，若我們現在去找她的族長來問，包保他告訴我們對她的任何碰觸，都是褻瀆神靈的事，所以她只能期諸來世。如小弟的猜估正確，整個自盡、投胎轉世、再生都是由她一手策劃。所以你定會很容易找到她，與她再續前世未了之緣。」

萬仞雨道：「最水到渠成的情況，是她於自盡後立即轉投同一草原同一族另一個初生嬰兒體內。如此便有線索可以根查，看在那幾天內，有多少女嬰出世。唔！她特別將玉針交給你，說不定玉針等若盧循爲自己寫的《自傳》，接觸後會像席遙般甦醒過來，曉得自己是盧循的輪迴轉世。」

龍鷹道：「萬爺所言極是。你奶奶的，我們立即晝夜不停的趕往大理去，找遍該區十六歲以下的小姑娘，保證事情輕易至令你不敢相信。」

風過庭雙目射出熱烈神色，恨不得背生雙翼，直飛往洱西平原去。

三騎一鷹，日夜兼程的朝洱海區趕去。

他們過姚州都督府而不入，朝目的地奔馳。姚州都督府絕非有堅強防禦力、城高牆厚的要塞，遠遠望去，土城一座，只有四角的箭樓高起三丈，還算像點樣兒，看規模，住民該不到一千戶。

姚州都督府是大周朝在洱滇區最前哨的基地，且還是近幾年在吐蕃退兵後重開，軍力薄弱，比對起六詔的強大，只有象徵性的意義。而縱然大周軍兵力強大，對上驍勇善戰的烏蠻人，據以往的經驗，仍是猛虎不及地頭蟲，輸多贏少。

洱滇區又多沼澤瘴氣，一不小心，誤闖瘴氣瀰漫的險域，一隊軍隊可亡沒過半，更添征討的困難。

雲南又稱南中，早在春秋戰國時，南方的楚人便經略南中，此後每逢戰亂，均有大批漢人遷入南中避亂，他們與當地的土著通婚融混，逐漸形成洱滇區多種族和多部落的情況。所謂烏蠻和白蠻，只是一個權宜的泛稱，並非兩個種族。眞正的情況，正如橫空牧野所描述的，各包括了以百計的不同部落和種族，除烏蠻和白蠻外，還有金齒、黑齒、茫、樸子、麼些、和、望、尋傳、施、順、裸形等族，由於各據山川河谷，不相統屬，文化發展不平衡，風俗習慣有異，令洱滇區的形勢更趨複雜。

大抵上白蠻居處，集中在洱海和滇池周圍沃土千里的湖岸平野，烏蠻則分佈於廣闊的山川地帶，仍保留部落式的生活。

急趕五十里路後，三人在一處山頭休息。洱海已在百里之內。

三人坐在山頭高處，遙觀洱海的方向。丘巒在前方七、八里處，被平緩的山野和平原替代，夕陽斜射下，茫茫大地無盡地延展，直至天際的極限。

龍鷹又發奇想，道：「整件事是愈想愈實在，我感到我們對眉月的臆測，雖不中亦不遠矣！」

萬仞雨道：「小子又想到甚麼呢？」

龍鷹向風過庭道：「公子不是說過她膚色蒼白，帶著一種奇異的病態美嗎？」

風過庭點頭道：「的確是這樣子，那感覺非常強烈，使她更具我見猶憐的風姿。」

龍鷹道：「試回想一下，當你返回洱西平原，見到族長，他對眉月的早夭，神態上有否顯露懷疑？」

風過庭道：「當時我像聽到個青天霹靂，整個人虛脫了似的，飄飄蕩蕩，縱然族長要殺我，怕亦忘掉反抗，哪還曉得族長的神態或反應？」

萬仞雨道：「他有問及你和眉月間的事嗎？」

風過庭搖頭道：「好像沒有。」

萬仞雨知道沒可能從風過庭處弄清楚當時的情況，向龍鷹道：「說出你的新想法。」

龍鷹呼出一口氣，道：「我的猜想合情合理，即使眉月是不可碰觸，不容與人婚娶的神巫，卻大可與公子來個私奔，解決所有難題。但據公子所言，她對自己非常克制，從不向公子表露愛慕之意，保持距離，如此便是耐人尋味了。」

萬仞雨道：「不是說過她因有通靈的能力，所以曉得今世與公子無緣嗎？」

龍鷹道：「我們不要淨往此處去想，天有天理，地有地數，千變萬變，仍逃不出卦理卦氣、陰陽五行。世上恐怕沒有一種占卜之術，可算出一對男女此生有緣無緣之事，那是只有老天爺清楚。以我懂得的測字爲例，只可就一事占算，眉月縱懂占卜，亦只可就眼前姻緣起卜，而沒可能包括一生的情緣。」

風過庭道：「你想說甚麼？」

龍鷹道：「只有死亡，方可令人盡塵緣。眉月既通醫道，又兼具通靈之能，極可能知道自己壽元將盡，更為了醫治公子，耗用了生命的能量，故以此偷天換日之計，借輪迴轉世，好與公子再續未了之緣。」

萬仞雨擊節讚賞道：「龍鷹你不愧是情場戰場上的無敵高手，連這麼刁鑽和虛無縹緲的事，亦給你理出個頭緒來。對！只有在這樣的情況下，族長方不會懷疑眉月之死是殉情，因為族長與族人，均曉得眉月不會長命。」

風過庭憂心忡忡的道：「可是她怎知我深愛著她？我走得很決絕，她該恨我才對。」

龍鷹道：「公子真是患得患失！是來自關心則亂的道理，愛是無條件的，可以不顧一切地做出犧牲，何況眉月是通靈的人，兼具女性敏銳的觸覺，說不定已清楚掌握到公子的心。」

萬仞雨道：「關鍵處在那支玉針，若公子愛她不夠深，永不回頭，一切只好作罷。可是如公子肯回去，當玉針落到你手上的一刻，這段隔世的情緣便開始萌芽生長，有點像指腹為婚。」

龍鷹讚歎道：「萬爺終於打開了靈竅，說話愈來愈像小弟。對！這叫玉針為媒，神鷹是嫁妝。公子放心，明早到洱西後，我們逐間房舍、逐個營帳的去搜尋，見到十六歲以下的美少女，便請她握握玉針，觀其反應察其變，一俟尋得眞主，立即以大紅花轎抬她返中土去，其他事一概不理。哈！多麼完美的計劃。」

風過庭急喘幾口氣。

萬仞雨訝道：「公子有別的憂慮嗎？」

風過庭苦笑道：「說沒有心事便是騙你。最直接的疑惑，是我愛的是眉月生前的那個人，愛她獨特的氣質、風韻、神態、舉止，愛她的冷漠、若即若離，但當她完全變成另一個人，即使明知她前生是眉月，但我怎生得出愛意？自她去後，我已失去愛的能力。痛苦時便去找美女胡混，荒唐過後，往往比荒唐前更失落無依。他奶奶的，無論有多少人在身旁，我的感覺仍像一個人在沒有盡頭的荒原踽踽獨行，暗自憔悴。」

萬仞雨歎道：「不是你自己說出來，沒人曉得你這麼悲慘。」

龍鷹道：「第一次踏足公子在神都的家，我早有公子裡外不一的直覺。沒有人的家會像公子的家那樣子，而且比我的荒谷石屋更不如。」

又信心十足的道：「絕不會出現公子所害怕的情況，眉月既不會醜得令公子沒法生出愛意，也不會對公子沒有吸引力，反之該是公子沒法抗拒的。哈！這就叫姻緣天定。咦！」

三人目光同往遠方投去，地平盡處隱見一點異芒，閃爍不定。

萬仞雨道：「那不是洱海的方向嗎？」

龍鷹色變道：「是火光，且是沖天的大火。」

今次輪到萬仞雨和風過庭容色大變，風過庭更褪得沒半點血色留下來。

龍鷹大喝道：「去！」

三人召來馬兒，以最快速度爲牠們裝上馬鞍，望火光飛奔狂馳。

他們都心似鉛墜，最害怕的事，可能正在發生中。

直至天明前個許時辰，他們終抵達洱海南岸，入目的情景，令他們心中淌血。

碧波萬頃的洱海，在右方無邊無際的延展，降至接近地平的明月映照下，這個大似汪洋的湖泊雲氣繚繞，隱見島嶼，這本該是賞心悅目的美景，愈襯托出南岸劫後災場的醜惡和難以接受。

數百所房子，草原上以千計的營帳，全化爲只冒著黑煙的焦炭殘屑，最令人觸目驚心的是於市集中心處，堆積著疊起如山高的焦屍，可知凶殘的敵人，將被殺的白蠻人屍體，集中到這裡放火焚燒。

三人從沒想過，美麗的洱西會變成這個樣子，他們所有的希望和憧憬，當親眼目睹眼前殘酷的現實時，已化爲烏有。

連一向事事樂觀的龍鷹也感無話可說，風過庭更是臉似死灰，兩唇顫抖，雙目殺機閃閃。

龍鷹忽然飛身下馬，低喝一聲「有人」，朝左邊一間尚未塌下的土石屋撲去。

風過庭像對任何在身邊發生的事不聞不問般，只是呆瞪著左方草原一角。蒼山在更遠的地平處延綿起伏。

萬仞雨卻是心中一懍。

以龍鷹的靈動，要到這麼不到三丈的距離，方察覺有人藏在泥石屋內，憑自己的功力，卻是一無所覺。只此便可看出暗伏土石屋內者的高明。

勁氣交擊之聲在入屋處響起，不到三下呼吸，龍鷹竟給逼出屋外。

今次連風過庭亦大吃一驚，朝龍鷹瞧去。

龍鷹神態古怪的立在屋外，向他們攤開手，表示無奈，又連續打出手勢。第一個手勢，以兩手在自己胸口比擬出女性胸脯的形狀，表示屋內的人是個女的。另一手勢則表示點子非常厲害。最後的手勢是著兩人不用下馬，一切由他應付。

在這個使人不忍卒睹、被無情戰火摧毀了的災劫現場，此起突然而來的事件，加上龍鷹無聲的手勢，不知爲何，竟令風過庭和萬仞雨生出死灰復燃般的希望。

既然仍有活人，再生的眉月說不定能避過此劫。問題只在如何去尋找她，雖沒有了以前逐個營帳去找的方便，但怎都尙存一線希望。

一個女子的聲音在屋內雪雪呼痛道：「你這個殺千刀的死漢鬼，本姑娘是你的殺父仇人嗎？這麼用力幹甚麼？」

縱然在如此惡劣的心情下，她的聲音仍具有直鑽進骨髓去的動人感染力，宛如在漆黑裡從火石濺出來的點點火星，使人感到絕對暗黑裡的光明。

她的白蠻語有著字正腔圓的漢語味道，又帶著土語的語調尾音，形成迷人的異國情調。他們既聽得懂，又感新鮮迷人，縱是被罵，仍大感窩心。

龍鷹回復本色，啞然笑道：「姑娘眞懂說笑，你的長短刃剛才招招奪命，全不留手，小弟沒點斤兩，已是一命嗚呼，還敢來怪我使足力氣。」

白蠻女果然野蠻，理直氣壯道：「你又不是進屋來和本姑娘相親論婚嫁，我爲何要對你客氣？且若不摸清楚你的斤兩，怎知你們是否有和本姑娘說話的資格？」

龍鷹終弄清楚她不脫蠻女本色，根本是蠻不講理，有她說沒你說的，不知好氣還是好笑。道：「現在試清楚了，姑娘何不出來一見，大家看看有沒有可合作的地方？」

萬仞雨和回復了點生機的風過庭交換個眼色，均感到此女出現在此時此地，極不尋常，她該是先他們一步抵達災場，見他們來方躲進土石屋裡去，說不定可從她這本土人身上，多知道點現時洱西的情況，甚至此戰爭屠場的遠事近狀。

女子道：「你那麼擋在門口，教我如何出來？」

龍鷹搖頭苦笑，一副受夠了的模樣，往萬仞雨和風過庭走回來。

萬仞雨喝道：「沒人擋著門口哩！請姑娘出來一見。」

女子道：「你們三個人個個長得蛇頭鼠目，面目可憎，怎看都不像好人，本姑娘怎知給你們誆出來後，會否三個打一個，人多欺人少？」

龍鷹躍登雪兒之背，向兩人繼續苦笑。

風過庭道：「若我們眞的是壞人，大可入屋對付姑娘，不是一樣可三個打一個嗎？」

女子嬌笑道：「算你說得有道理，本姑娘出來哩！」

三人目注土石屋出口處。

龍鷹歎道：「她從另一邊窗溜掉了。」

萬仞雨愕然道：「此女身法之高明，已到了駭人聽聞的地步，我竟聽不到絲毫破風之聲。」

風過庭仰望夜空上的神鷹，道：「有人來了。」

龍鷹點頭道：「至少有千騎之眾，且是全速奔來。」

萬仞雨沉聲道：「開溜還是留下來？」

風過庭道：「兵來將擋，水來土掩，我一生之中，從未有這般想大開殺戒的時候。」

蹄聲在西面響起，逾千騎沿洱海奔至。

第六章　結成聯盟

號角聲裡，來騎往兩邊散開，從各處通道魚貫進入災場，有些還繞往他們後方，到隱成合圍之勢，十多騎直往他們馳來，人人體型驃悍，穿的是羊皮和牛皮製成的輕革，臉上塗上紅色的戰彩，左右臉頰各有三道斜上、手指寬、寸半長的彩紋，額上是個似是代表太陽的圓圈。

領先的一人長得特別雄偉粗壯，看其神氣便知是領軍的人物，雙目射出濃重的殺機。隨著不住的接近，目光盯牢三人，人和馬都不放過。

到離三人立馬處二十步許外，帶頭的騎士舉起左手，全體勒馬立定，整齊一致，立即形成逼人而來的氣勢。

在災場慘絕人寰的氣氛下，生出一觸即發的緊張和凝重感覺。

帶頭者雙目精光閃閃，暴喝道：「爾等何人？」

他說話的節奏語調，像某種難懂的方言，雖是漢語，但龍鷹和萬仞雨須半猜半估才明白他的意思。

風過庭當然沒有他們的問題，倏地舉起右手，連續打出幾個手勢，最後橫掌按在額上，以漢語道：「我是蒼山鷹人的客客兒，西爨白族河人尊長薄登密的當當，屠戮洱西者是我們的敵人。」

雄偉戰士容色稍緩，仰望天上盤飛的神鷹，道：「蒼山鷹人從來沒有漢人的客客兒，那是你的巨蒼鷹嗎？」

風過庭撮唇呼嘯，神鷹旋飛而下，兩翼生風的落到風過庭肩頭，颳起大量的灰燼，威勢駭人，更以銳利的鷹目，打量對方。

雄偉戰士和後面的手下兒郎，無不現出驚異神色。

風過庭傲然道：「我是否鷹人的客客兒，檀古拉夫可為本人作見證。你們究竟是屠村者的朋友還是敵人，給本人一句話說出來。」

龍鷹和萬仞雨不敢打岔插話，因他們中，只有風過庭熟悉對方的風俗和習慣，故由得風過庭獨自應付。

雄偉戰士道：「本人是施浪詔之子澤剛，怎會是蒙嶲人和越析人的朋友？我們曾和你們漢人有約定，貴族的戰士不可踏入洱海區半步，你們現在已是犯禁。」

風過庭冷然道：「我們豈同一般戰士？任何約定，對我們均不起作用，沒有約束力。我們既有共同敵人，就是朋友。澤剛你千萬不要犯錯。」

出奇地，施浪詔的澤剛並沒有因風過庭之言勃然震怒，點頭道：「確是不怕死的無畏戰士，你們今次到洱海來，所為何事？」

龍鷹二人明白過來，風過庭的硬中帶軟，軟中帶硬，針對的是對方崇尚勇力的作風。客氣有禮會被認為是示弱和畏怯。

此時天際漸明，太陽在三人後方現出曙光，右方的洱海波光閃閃，左方遠處的蒼山秀峰橫雲，分外襯托出災劫現場的殘忍不仁和難以接受。

風過庭似完全拋開了對或許已重返人世的眉月生死未卜的焦憂，從容道：「我們三人各有使命。」指著萬仞雨道：「他的名字叫萬，到洱滇來是要向一個人收一筆爛帳。」

澤剛皺眉打量萬仞雨，道：「你要向誰討帳？」

萬仞雨已開始掌握到他的「詔語」，淡淡道：「這人叫爨斑，聽說在南中算有點名氣。」

澤剛和一眾手下全瞪大眼睛，射出沒法掩飾的驚訝，又似看著個不知道自己在說甚麼的瘋子。

龍鷹已因精神全集中到風過庭尋找隔世之愛的事上，差點忘掉此君，虧得萬仞雨頭腦仍那麼清醒。

當夜他到石鼓鎮拜會程展，一如所料的，在來俊臣的手段下，池上樓招出了洱滇區人口販運的情況。這方面由滇幫一手包辦，滇幫的大龍頭便是爨斑。他本身是西爨白蠻人，出身最顯赫的爨姓望族，被視爲白蠻裡的貴族，本身武技高強不在話下，手下有過萬兒郎，以滇池旁的昆明爲基地，勢力直探往洱海區，由於有強大實力，又慷慨疏爽，送羊贈馬，與洱海六詔大致上關係良好。

昆明本是族名，此族原遊牧於雲南西部，後遷往滇池，遂以族稱爲地名。戰國時期，楚將莊蹻率軍以兵威定滇池區，在滇西橫斷山脈與滇東高原間的滇池盆地東北部，築城置郡，建立了滇王國（作者註：事見拙作《尋秦記》），並與當地土著融合，所以昆明城的文化和農耕技術，在洱滇區堪稱第一，漢化最深。直至大唐開國，以昆明爲中心的滇池區，一直是昆明族和西爨百蠻聚居之地，統稱之爲白蠻。

爨斑可說是滇池昆明最有影響力的人，在該區他說的話便是最高指令，沒人敢拂逆他的意思，座下四大高手，全是洱滇區響噹噹的厲害人物。與大江聯勾結後狼狽爲奸，大做人口販運的生意，財力不住增加，又與金沙江下游的漢人大做買賣，購入洱滇區缺乏的物資，成爲洱滇區最吃得開的人。現在萬仞雨要去捋他的虎鬚，實不自量力至極。

「鏘！」

井中月出鞘。

澤剛等來不及反應下，萬仞雨於彈甲之間，把井中月舉起又劈下，連劈七刀，本該是迅疾至肉眼難看清楚，偏是每一刀都是那麼清楚分明，似緩實速，不帶起黃芒，以龍鷹和風過庭對他的熟悉，亦看得目眩神迷，其他人更不用說。

行家一出手，便知有沒有。

到萬仞雨還刀鞘內，澤剛等人眼中的輕蔑之色，已被驚異和尊敬替代。當然，能否成功向爨斑收他所謂的爛帳乃天才曉得的事。但至少萬仞雨有這個資格。

澤剛動容道：「我沒有看錯，早在遠處，我便知你們是可怕的高手，否則我早下攻擊令。」

轉向龍鷹道：「這位朋友又為何事到我們洱海來？」

他肯喚龍鷹為朋友，可知他對三人觀感大改，且再不計較他們犯禁。

龍鷹心忖，唯一可說出來的使命，已給萬仞雨說出來，找尋轉世的眉月，該屬於風過庭而非是自己，為洱西慘死者復仇則是大家共同的目標，正不知說甚麼好時，風過庭以平靜至近乎冷酷的語調道：「我這位兄弟叫龍，乃中土自古至今最偉大和可怕的神巫，他今次到洱海來，是要與自稱洱滇區最具法力的宗密智決一生死，看誰的法力更高強。」

澤剛等射出比剛才看萬仞雨更難以相信的神色，乾瞪著龍鷹。

龍鷹和萬仞雨則明白過來。

此刻的風過庭，是哀莫大於心死，眼前屍積如山，平野處尚不知有多少伏屍的情況下，他對尋找轉世的眉月已不抱持任何希望，而此仇不報此恨難塡，遂要向蒙嶲和越析兩族大開殺戒，而作爲罪魁禍首的兩族共同大鬼主宗密智，必須以命塡命。可是憑他們三人之力，任他們如何自負，又人生路不熟，去挑戰兩族，無疑是以卵擊石，自取滅亡。所以必須聯結兩族的敵人，例如眼前的施浪戰士，方有成功的可能性。

在這蠻荒的地域，蠱術降術盛行的山川大地，最受尊敬和害怕的正是神巫，任何其他族的人，對上曾預言吐蕃大軍無功而返而又成功了的宗密智，都有矮了一截，難以提起鬥志的無力感覺，只有抬舉龍鷹，讓他化身爲中土最神通廣大的神巫，有足以抗衡甚至蓋過宗密智的實力，方能振起其他備受壓迫諸族的士氣和戰意。

被風過庭硬逼上轎，龍鷹亦不得不叫絕，配合風過庭的話，雙目不住增強魔芒，其變化是沒有人能錯過的，最後是魔光閃燦，眸珠成爲兩點光源，威懾天地，不比後方升離地平的太陽遜色。

只看他的樣子，比他高呼自己是中土最偉大的神巫更具說服力。

龍鷹沒有提氣揚聲，但每字每句均能遠傳開去，迴盪於災場每個角落，低沉卻鏗鏘，本身已蘊含某種玄秘和震撼人心的奇異魅力，好整以暇的道：「我是上天指定懲惡懲奸的神巫，叫龍，在戰場上所向無敵，更能料敵如神，沒有人可以殺死我。表面看來，你們現在只是區區一千二百戰士，其實你們在看不見處，尚有一支二千人的部隊，埋伏在西面林木內，只要你們詐作不敵退走，蠢得去追擊你們的敵人，會慘中埋伏。」

澤剛等再次現出難以置信的神色，不過今次不是懷疑而是吃驚，一時沒法說出話來。

風過庭和萬仞雨心中佩服，這小子扮人像人，扮鬼似鬼，這麼沒可能表達出來的神巫本領，也在他利用己之所長，避重就輕下，發揮得淋漓盡致。

龍鷹倏又收斂魔光，打回原形，仍是意猶未盡，今次卻是只說給澤剛等在近處的人聽，徐徐道：「戰場的事，沒有一件能瞞過我，澤剛你是因看到災場沒有年輕婦女的遺骸，曉得蒙巂和越析的聯軍，擄走了大量白族婦女，行軍必慢，所以決定在稍息之後，待戰馬回氣，便銜著敵人尾巴追去，不但要對凶殘的敵人報復，還要救回被劫走的女人。但讓我告訴你，如此你會正中敵人奸計，踏入對方佈下的陷阱去。村中心堆積如山的屍體，乃敵人的手段，是要激起你們心中的憤慨。」

澤剛仍怔怔瞪著他，呼吸都像停止了，顯是給龍鷹說中心中的打算。

澤剛身後另一人道：「你眞的是沒法被殺死的神巫嗎？」

龍鷹學萬仞雨般祭出烏刀，在身前比劃了幾下，澤剛等一頭霧水的瞧著，看不出他的刀招手法有何了不起之處，只有萬仞雨和風過庭看呆了眼，因爲他不單是舉重若輕，且耍得烏刀輕飄如無物，令人感到烏刀根本沒有重量。

果然幾下花式後，龍鷹隨手將烏刀拋往那說話者，並且漫不經意的道：「小心！刀很重！」

那人不以爲意的探手抓著刀柄，接著神色遽變，刀鋒差點落往馬頭處，連忙雙手捧著，一臉駭然之色。

他的坐騎明顯向下一沉，有點一時受不了突然而來的負重而發出嘶鳴。

那人將烏刀送往澤剛，澤剛心有準備的握著刀柄，拿到眼下，細意觀賞，雙目射出歎爲觀止的神色，道：「此刀至少重百斤，像如此連刀柄鑄造打製的寶刀，我只見過三柄，但遠及不上此刀的沉重鋒銳，最堅固的盾，恐也擋不住此刀的一擊之威。」

洱滇區因天然礦藏豐富，加上戰爭的需求，鑄製技術早在春秋戰國時隨遷徙傳入這個區域，所以洱滇區出產的兵器非常有名。

澤剛倏地揚手，烏刀打著轉的飛向龍鷹。龍鷹直至烏刀抵達雪兒頭前，仍沒有任何探手取刀的意圖，看得對方人人心焦如焚，澤剛則在後悔不該以此還刀手法試探龍鷹的深淺。

眼看烏刀要劃向雪兒的馬頭而過，豈知雪兒忽然低下頭去，烏刀以毫釐之差在牠上方經過。

「鏘！」

龍鷹以快至肉眼難辨的高速，取下背鞘，揮手間已將仍急旋著的烏刀妙若天成的套進刀鞘裡去，實際上沒碰觸到烏刀，像神仙以葫蘆收起妖怪般，又將之安置回背上去，頗有烏刀從沒有離鞘的古怪感覺。

澤剛等人人發呆，完全被震懾。

風過庭道：「是友是敵，一言可決。」

澤剛像醒過來般，看看風過庭，又看他肩上的神鷹，歎道：「三位是我施浪人在戰場上最不想遇上的敵人。」

接著沉聲道：「只要三位肯以神明之名，立下誓言，由今天開始，我們便是兄弟朋友，至死不渝。」

風過庭和澤剛同時催馬接近，前者又向萬仞雨和龍鷹打眼色，著他們照做。

四個人八隻手疊握在一起，同時宣誓。

不論在吐蕃或南詔，誓言均有凌駕一切的約束力，沒有人敢違背誓諾。

使盡渾身解數下，龍鷹三人終贏得施浪人的交情。

四人馳上高崗，極目遠方。

澤剛解釋道：「十二天前，洱西族的族長魏子期派人到舍利州來求救，說宗密智向他們發下戰令，如不能獻上百個十六歲以下的處女，供他祭祀天神和地鬼之用，會夷平洱西集。在抵舍利州之前，洱西使者曾向位於洱海之北邆備州的邆賧詔求助，卻為其大酋邆羅顛拒絕。哼！沒有膽量的怕死鬼。」

三人聽到一百個十六歲以下的處女，六隻眼睛同時亮起來。

風過庭道：「族長不是薄登密嗎？」

澤剛道：「薄登密於三年前過世了，魏子期是他指定的繼任人。最令洱西白族感到屈辱的，是宗密智指定所獻百女裡，必須包括有洱海最美麗處女之稱，魏子期剛滿十六歲的女兒紀干。唉！現在她可能已被敵人擄走。」

又歎道：「我們已是全速趕來，但由於邆賧人不肯借道，被逼多走近百里路，最終仍是來遲一步。」

風過庭雙目放光的道：「蒙巂詔和越析詔在哪個方向？」

澤剛道：「蒙巂詔在南方的陽瓜州，越析詔則在我們舍利州東南方，洱海之東，兩族相隔逾五百里，夾在中間的正是洱西集，故此，宗密智爲將兩族的勢力範圍合而爲一，洱西遂成首當其衝之地。」

萬仞雨道：「除洱西集外，尚有其他城集嗎？」

澤剛道：「洱西集外還有位於洱海南端的風城，在你們漢朝時已是博南古道的咽喉地帶，爲貴國隋朝史萬歲所築，只是座土城，但地形險要，以山爲壁，以水爲壕，內高外低，仰攻極難。現在宗密智先摧毀洱西集，正是要削去風城周邊的支援，更可將逃離洱西的白族驅往風城，增加其負荷，令風城的佟慕白更難撐下去。」

龍鷹問道：「佟慕白是誰？」

澤剛道：「佟慕白便是洱海白族的最高領袖，更是宗密智的眼中釘。唉！我現在的心很亂，該怎辦好呢？」

龍鷹理所當然的道：「當然是銜著敵人尾巴，殺他奶奶的一個落花流水。」

澤剛失聲道：「神巫你不是說過，那是個誘我們入局的陷阱嗎？」

龍鷹微笑道：「曉得對方的陷阱是陷阱，便變成不單不是陷阱，且反過來成爲對付敵人的陷阱。明白嗎？」

第七章　洱西之戰

在龍鷹指示下，三千施浪戰士，忽然停止前進，在一道河旁設營立帳，還生火造飯，擺出在此歇宿一宵的姿態。

全速急追一天後，他們抵達洱西大平原的邊緣區域，地勢開始起伏不平，林木茂密，十多里外是延綿的山巒，地勢多變。

從災場到這裡，均是由善於追蹤的施浪人主導，龍鷹不加任何意見，到日落西山，人馬困乏不堪，不再摸黑趕路，是理所當然的事。龍鷹正是要製造出一種形勢，就是讓施浪戰士的追擊行動，一切盡入敵人的計算裡，以爲施浪戰士眞的中計，絲毫不察對方佈下的死亡陷阱。

在營帳、人、馬和岸旁疏林的掩遮下，龍鷹三人親力親爲，加入疲乏的施浪戰士，神不知鬼不覺的掘出三道半月形的壕塹，又將掘出的泥土在最後方的壕塹後堆土石爲牆。壕塹深三尺，寬五尺，沒有尖木的設置，相隔半丈，皆因要留點氣力，以應付敵人夜襲，但因有倚河之險，已形成強大的防禦力。壕塹留有過道，以供出擊之用。

到一切妥當，天已黑齊。以龍鷹三人的體質，也感吃不消。為激勵士氣，表明與施浪戰士同甘共苦，三人各負責一塹，運鏟如飛，鏟鏟貫足內勁，一人等於十多個人的效率，否則絕不可能在個把時辰內，完成工事。施浪人則分作三批工作，完成此幾近不可能在短時間內完成的任務。

此時最前線壕塹之外，豎起百多個營帳，包圍著陣地，任敵人如何觀察，仍沒法窺破營地後的玄虛。

龍鷹又使人在靠河處砍下樹木的橫幹和枝葉，秘密送入塹外空帳內，澤剛和十多名高級將領，終明白龍鷹的戰略，無不叫絕，雖然疲倦，卻是心中踏實，感到興奮。

三人和澤剛等十多人，故意離開營地，來到離營地數千步的一處高丘，詐作觀察形勢，以延遲敵人進攻的時刻。

傑飛有點患得患失的道：「如果敵人今晚不來犯，我們豈非白辛苦一場？」

傑飛是澤剛手下的頭號猛將，短小精悍，善使雙斧，正是他出言問龍鷹是否為沒法被殺死的神巫。

他說出澤剛等人的心聲。

龍鷹好整以暇的道：「在我們前方三里處，左右的山野密林裡，各藏著一支逾萬人的部隊，正養精蓄銳，等待我們去上鉤。問題在對方是等待我們明天進入山區才攻擊，還是不錯過今晚趁我們人困馬乏的機會來犯？」

萬仞雨扮作恭敬的道：「神巫請不要賣關子了，快點說出來。」

龍鷹沒好氣道：「說故事要說全套，不能漏了精采關鍵處。哈哈！」

澤剛等聽到對方兵力達二萬之眾，全體色變，可是在兩人嘻笑鬧玩的感染下，扯緊的心情又鬆弛下來。

風過庭道：「讓我代神巫來問，蒙巂詔和越析詔聯合起來的總兵力，大約是多少人？」

龍鷹大訝道：「公子眞知我心。」

澤剛卻完全不明白敵人今夜是否來攻，與敵人的總兵力有何關係。只好答道：「蒙巂人號稱有十萬戰士，不過依我們的情報，稱得上是精兵的不到六萬人。越析人與我們相鄰，我們對他們相對清楚多了，可隨時開上戰場者，只在四萬之數。」

風過庭道：「如此說，敵人的總兵力應在十萬之間，而眼前的敵人，是敵人總兵力的兩成，且極可能是對方最精銳的戰士。如此勞師動眾，可見敵人是志在必得，不容有失。」

萬仞雨道：「若要像現今般夷平洱西集，需多少人才辦得到？」

澤剛答道：「洱海白族在很多方面都非常了得，我們缺乏的東西，都要向他們買，獨是武功不行，也沒有出色的戰士，五千戰士的突襲，已足可造成現時的局面。」

另一猛將古盤道：「所以今次敵人攻打洱西集，是針對我們的一次行動，否則何須動員如此龐大的兵力？」

龍鷹道：「不但是針對你們的行動，且目標正是澤剛兄，諸族裡只澤剛兄有那個勇氣和膽量，敢去追擊他們。澄睒人之所以龜縮不出，又不肯借道，正因被敵人警告不可插手他們的事內。而由於貴族據地鄰近越析人，受其牽制，能動用的兵員不多，所以對方有把握盡殲澤剛兄的人。沒有了澤剛的施浪族，等於沒有了牙的猛虎，不足構成敵人之患。哼！現在形勢明顯，誰能主宰洱西平原，便為將來統一洱滇區奠下強大的根基，洱海富饒的物資，盡歸其有，所以風城已成必爭之地，敵人最害怕的，是有如澤剛兄般的人物助防。」

傑飛歎道：「澄睒的澄羅顛本也算是個人物，怎知自宗密智成為蒙巂人和越析人的共主後，竟現出懦夫的本質，對兩族的暴行噤若寒蟬！」

澤剛給龍鷹讚得飄飄然，感到大有面子，問道：「神巫是否在遇上我們時，已想到整個情況？」

萬仞雨道：「神巫老哥是先憑神通掌握形勢，然後再考慮實際的情況。」

澤剛等人更是佩服。

風過庭道：「敵人故意帶著大批擄來的女子上路，只憑女兒家留下的香氣，我們便不虞追失。現在我們在此紮營，明早一是派探子到山區探路，沒有伏兵方會深進，另一可能性是怕中伏故就此而回，無論哪個可能性，總是不利敵人。所以敵人絕不會錯過今夜全殲我軍的良機。」

澤剛點頭道：「該是如此，特別是蒙巂詔，軍令極嚴，任務失敗者不被處死也要被廢，所以絕不會錯過機會。」

萬仞雨道：「時間差不多哩！當敵人以為我們入帳睡覺之時，就是來攻的一刻。我們回去爭取點休息的時間，然後予敵人一個天大的驚喜。哈哈！」

回營地後不到一個時辰，果如龍鷹等所預料的，敵人開始悄悄逼近營地，而最令龍鷹三人訝異的，是竟不聞馬兒偶發的嘶鳴聲，可見南詔人操馬之技，實不在突厥等塞外強族之下。

三千施浪戰士已枕戈以待，其中十多人仍留在壕塹外的營帳，裝模作樣的放哨。

龍鷹托著接天轟的長形革袋從營帳鑽出來，雪兒亦步亦趨的跟在他身後，來到澤剛等人聚集處。

萬仞雨和風過庭亦牽馬而來，氣氛立呈緊繃。

神鷹被召下來，立在風過庭左肩處。

澤剛、傑飛、古盤等的目光自然落在龍鷹肩負的革袋去。

龍鷹先將革袋掛回雪兒馬鞍旁，接著掏出兩件接件。

澤剛等看得目不轉睛，如此形狀古怪的兵器，誰能不心生驚異？施浪人自少玩各式武器長大，只看其形制，便知非是凡器，且極難使得好。

「鏘！」

接件嵌合，龍鷹又故意賣弄，伸長縮短，最後成一丈二尺的最大長度，還在頭上耍弄幾招，在月照下閃動著懾人的光芒。

澤剛歎道：「只是看看已教人心寒，天下間竟有如此神器。」

萬仞雨笑道：「你們還未見過公子的彩虹劍，比起來，神巫的接天轟亦要遜色少許。」

澤剛等齊朝風過庭瞧去。

「鏘！」

彩虹劍離鞘。

眾人所處之地的氣溫立即直線下降，如紙般薄、晶透如玉的刃身，異芒流閃，刃體奇異的渦旋紋似在活動著。劍再非劍，而是有靈性的神物，寒氣以之為中心擴散，令人如入冰窖，更是難以相信。

連龍鷹、萬仞雨和風過庭自己，也嚇了一跳，便像第一次看到彩虹成器那一刻的感覺。以前的彩虹，絕不是眼前的形態和感覺。

龍鷹道：「我的娘！彩虹要飲人血哩！」澤剛和十多個將領，目睹彩虹離鞘至此刻，沒法說出半句話。

風過庭還劍鞘內。

寒氣消失。

萬仞雨搖頭歎道：「確是天賜神兵，異乎尋常。」

澤剛道：「三位在中土定是大大有名的人，難怪敢來向爨斑收爛帳，他欠你們甚麼呢？」

龍鷹將接天轟插在身旁地上，從外袍內取出摺疊弓，微笑道：「救回被擄走的可憐白女，今晚喝酒慶祝時，我們再把盞談心。敵人已來至近處，正蓄勢待發。拿箭來！」

他們位處後防壕坑之旁，由於龍鷹和風過庭先後祭出神兵奇器，惹得附近大批戰士來圍睹，見他拿著個不知是甚麼東西的東西，又開口要箭，均摸不著頭腦。

萬仞雨從雪兒旁掛著的箭筒拔出四支勁箭，雙手捧著來到龍鷹一旁，故作恭敬的道：「勁箭在此，神巫老哥請！」

龍鷹苦笑道：「萬爺又耍我哩！」

話是這麼說，手卻不客氣，熟練地接箭，然後變法術似的純憑單手五指和掌肌的運動，將四箭夾在指隙間，神乎其技至極。

所有施浪人無不看得目瞪口呆。

此戰之凶險，實不在當日被軍上魁信率軍突襲之下，只是軍力的對比沒那麼懸殊，今次更是有備而戰。但若要打垮敵人，卻是力有不逮。現在龍鷹三人使盡渾身解數，正是要激勵鬥志和士氣，以成就幾近不可能的任務。

因著敵人兵力在二萬人之間，佔上壓倒性的優勢，會採取潮水般的攻擊戰略。就是將兵員分成數軍，輪番出擊，向營地展開浪接浪般的攻擊，即使初戰失利，仍無損全軍士氣，還可因應形勢，調整進攻策略。進可攻，退可守，可說是立於不敗之地。

龍鷹輕鬆的道：「待會我們會殺出去，奪取敵方主帥的首級，記著千萬勿要跟來，最重要的是守穩營地，使我們三人沒有後顧之憂。」

澤剛等對他們已是奉若神明，心忖於千軍萬馬中，取敵將首級如探囊取物，就該是像他們的神氣模樣。

眾人轟然應是。

「鏘！」

摺疊弓張開，在月色下輝閃著金色的芒光，神奇至極。

龍鷹將一支箭架在弦上，道：「還記得我說過，當敵人第一聲慘叫聲傳來，立即吹響號角，將前線的兄弟召返來嗎？我說漏了一點，就是不只是一聲慘叫，而是連續四聲慘叫！」

最後一句尚未說畢，摺疊弓隨他轉身改向，拉爲滿月，望夜空射出，朝營地東面的林野射去，另三支箭連珠發射，與第一箭的方向不同。唯一相同處是都似是漫無目標，亂放空箭。

人人頭皮發麻的等待著。

「呀！」

撕心裂肺的慘嘶在二、三千步外隱隱傳來，接著是從另三個不同方向和位置傳至的慘叫，勾劃出敵人漫野殺過來的情況。

澤剛等爆出喝采聲，至此對龍鷹這個沒人能殺得死的戰巫的本領，再沒有絲毫懷疑。

號角聲起，前線的兄弟紛紛撤回來。

火箭漫空灑至，壕塹外的營地紛紛著火，敵人卻不曉得，火燒營帳的慣常手段，會變成他們的死亡陷阱。

三千施浪戰士，全躲在隆起五尺的土石牆後，箭架弦上，等待最佳的還擊時刻。營帳的火，迅速蔓延至放在帳內淋上火油的柴枝，火舌冒閃，生出大量烏黑的濃煙，隨著西北風，往敵人第一波攻來的四支千人部隊捲去。

在天然環境的利用上，天下間無人能超越龍鷹。

數千騎踏地的聲音，轟動整個河區。

龍鷹、萬仞雨和風過庭架在弦上的箭，同時發射。

敵方則是東歪西倒，戰馬失蹄，累得戰士也隨之墜進壕坑去。

澤剛一聲令下，三千戰士以強弓勁箭，朝對方亂成一團、軍不成軍的四千前鋒兵無情的施放。

濃煙已席捲平野和山區間的廣闊土地，視野不清，敵方主帥仍未知中計，只以爲初攻失利，又吹奏戰號，派出第二波共六千人的馬隊，增援前線陷於苦戰的己軍。

施浪人想不到火帳陣加上壕塹和風勢，合起來竟有如斯威力，心中大定，彼消我長下，變得士氣如虹，更是殺得敵人落花流水。

四千前鋒軍，沒法對陣地形成任何威脅，最了得的在未越過第二道壕塹前，已被射殺。另一波敵人殺至，冒煙衝過來，不但沒有增添衝擊力，反令亂上添亂，不用抵達第一道壕塹，已被己方墜地的戰士和馬兒絆倒，加上勁箭暴雨般灑去，敵人紛紛中箭墜馬，傷亡慘重。

敵人最應該做的事，就是當發覺墜入陷阱，立即以號角知會後方主帥，然後暫且撤退，再組攻勢。不幸的是，他們的敵人中有龍鷹這個在戰場上神通廣大的人，一開始便射殺對方領軍的頭子和旗號手，敵軍等若失掉了主事的腦袋，變成無主卻深陷敵陣的孤軍。

號角聲起。

第二波的領軍將領終察覺有異，吹響後撤的號聲。

龍鷹探手與澤剛伸來的手緊握，均生出肝膽相照的感覺。

風過庭和萬仞雨已飛身上馬，等待龍鷹，雪兒則踏蹄噴氣，一副不耐煩的模樣，催促主子。

龍鷹道：「記著！接到我們的訊號後，立即全軍離營出擊，軍力要集中，不可走散。」

澤剛道：「明白！」

龍鷹哈哈一笑，一個閃身，已安坐馬背上，接天轟單手斜收背後，在壕塹外的火光映照下，三人確是狀如從天上來的戰神，威武萬狀。

三人交換個眼神，生出從戰爭成長起來的奇異感受。

龍鷹呼嘯一聲，雪兒箭矢般飆射而前，風過庭和萬仞雨的愛騎不用吩咐，已如影隨形追著雪兒，踏上越壕的過道，迅如幽靈鬼魅的沒進壕塹外的煙火裡去。

第八章　奪帥行動

龍鷹三人趁煙火瀰漫的混亂情況，追上倉皇撤退的大批敵人，混雜其中，朝敵陣衝過去。他們馬快，轉眼已趕過不少敵騎，卻沒人發覺自己是與敵同行。

煙霧仍一陣一陣從營地外圍起火處捲送過來，但二千多步外已漸轉稀薄，更遠處隱見火把的焰光，愈接近愈趨清晰。

三人眼利，早看清楚敵方形勢，登時倒抽一口涼氣，心叫不妙。

在百多丈外，敵人列成陣勢，看得見的是一支二千人的隊伍，打橫排開，封擋了前路，其後方是高起的丘陵地，高處全是敵騎，亦有過千之眾，看不見的敵人該是散佈丘陵區各制高點，陣容鼎盛，令人見之心寒。

敵人雖初戰失利，折損數百人，可是憑此壓倒性的兵力，在有心防範下，改以徒步進攻，早晚可攻陷營地。

在對方的火把光映照下，三人更是無所遁形。

龍鷹人急智生，傳音道：「馬腹！」

三人翻下馬背，轉到馬腹下去，火光照來，在人馬後拖出長長的影子，加上他們故意混在撤退的敵騎集中處，對方怎會著意？還以爲主子墜馬後，坐騎隨大隊撤回來。

號角聲起，前方橫排的戰士人馬調動，讓出去路，讓己方撤返的騎士可通往後方去，如有敵人乘機殺過來，嚴陣以待的戰士便可予以無情痛擊，合乎戰略。

三人暗叫謝天謝地，隨敵騎潮水般越過先鋒陣，深入敵後。煙屑仍無休止地被風送過來，時濃時薄，視野不清，否則他們早被敵人察覺。

龍鷹三人從號角聲來處，已掌握敵方主帥的位置處於左前方一個高地之上。四周的敵人開始勒馬減速，該是到達了重整隊形的指定位置。只看對方退而不亂，調動有序，一切井井有條，便知對方不論兵將，均是久歷沙場，能征慣戰的精銳之師。

知己知彼。由對方夷平洱西集開始，每個行動，都是深思熟慮下的戰術，對施浪人的反應，更是盡入其算計內，若不是有龍鷹等加入，看破對方的陰謀，澤剛等恐怕沒人能生離此地。從而曉得，蒙巂和越析兩強大部落的聯軍後，必有雄才大略，又野心勃勃的人在主事。如果這個人是宗密智，他便不止是個法力高強的神巫，而且是能運籌帷幄，決勝負於千里之外的超級戰師。

龍鷹知是時候了，通知兩人，同時翻上馬背。

最接近的十多騎駭然往他們投來目光時，龍鷹的接天轟、萬仞雨的井中月、風過庭的彩虹天劍，已絕不留手地往他們發動攻擊。

龍鷹同時運足魔勁，嘬唇發出連續六次的尖銳嘯叫，淒厲似鬼啾，遠傳返營地去。

一旦在敵人腹地顯露形跡，他們已踏進沒有回頭的不歸路，唯一的生路是以快打慢，能殺多少人便殺多少人，直至幹掉對方的主帥，捱至施浪戰士來援的一刻。

四周人仰馬翻，三人如入無人之境的破出退兵的隊伍，奔上斜坡，殺往丘頂的敵人。

因著視野仍被煙霧迷障，變異又來得急遽，敵方主事者一時間哪弄得清楚是怎麼一回事？到高丘的戰士被衝上去的龍鷹殺得東歪西倒，方曉得敵人已在陣內，還以爲給大批敵人混進來，慌忙著人吹響號角，調軍應戰。

假如非是晚夜，又沒被煙霧迷眼，即使以龍鷹三人之能，亦是自尋死路，力戰而亡之局。可是在現今的情況下，敵我難分，大利於龍鷹等人少的一方，因可放手而爲，全無顧忌。

撤回來的隊伍，一下子給他們幹掉近三十人，人人火紅了眼，發了瘋般從斜坡追上去。前線的先鋒軍亦騷動起來，只知後方殺聲四起，卻掌握不到敵人在哪裡。

龍鷹的接天轟全力出手，運舞如風，雪兒到處方圓三丈之內，全是其威力籠罩的範圍，不論對方的矛刺、刀劈、斧揮、盾擋，接天轟總能變化出能剋制對方的招式，來個一擊奪命，將接天轟包含各類型武器特性的長處，發揮得淋漓盡致。

沒有任何兵器比接天轟更能迎合魔種的靈活多變，更可在戰場上發揮龍鷹驚人的魔力。

萬仞雨緊隨龍鷹左後側，又改用左手刀法，井中月如一道道黃芒電閃，雖在戰場兵荒馬亂的情況下，大開大闔的刀勢裡仍出乎天然似的暗含細膩精微，敵人的一般好手，直至被他割斷喉嚨，又或連人帶兵器的劈離馬背，仍未曉得如何被他收拾。

風過庭追在龍鷹右後側，左盾右劍，但見青芒如惡鷹翔空，又如魚游深海，來去無跡，所到處敵人要到墜跌著地，血方由傷口濺灑出來，其鋒快實難以形容，青光籠罩的範圍寒氣逼人，令敵人更是心寒膽喪，未戰先怯。

龍鷹發揮著其雖處一隅，卻能關顧全局的神通，知此時已到了分出勝負的時刻。澤剛的三千施浪戰士，聞訊號後依諾奮不顧身，集中兵力像一條怒龍般衝殺過來，十多下呼吸後將衝擊敵方前線。如他們仍不能製造出動搖對方全軍的形勢，澤剛的三千兵等於自取滅亡的撲火飛蛾。故此眼前形勢，吃緊至極。

高丘下是窩下去的平地，然後是另一座更高的丘崗，丘崗下排著十多列戰士，總人數達千五之眾，持盾提矛，沒有絲毫衝過來助攻的意思，擺明其唯一使命，是保護位於高崗上的將領，也是敵帥的親衛團。

高崗上旗幟飄揚，傲立著二十多人，主帥乃其中之一，正由號手發出他的指令，調度全軍的進退。

抵達丘頂的剎那，龍鷹對形勢已是一目了然，曉得在敵帥親衛穩如鐵桶的保護下，又是如臨大敵的靜待，要破之幾近乎沒有可能，一旦被對方截著勢頭，加上後方追兵殺至，他們勢必陷入苦戰之局，永遠登不上山丘，更遑論動搖對方全軍。

所以剛才登上丘頂，他不往前衝反往右殺去，重施當日在庫姆塔格沙漠的故技，將敵人插在丘頂泥土的火把逐一挑起，居高臨下的橫過五百多步的距離，朝敵帥所在高丘腳的親衛團投去。

親衛團中身手高強者，紛紛以長矛挑往橫空投至、還旋轉著的火把，豈知火把隱含魔勁，長矛挑中火把時，發出「砰」的一聲，接著是火星四濺，當頭照臉驟雨般灑下去，人曉得火屑不會造成傷害，馬兒卻受驚跳蹄竄避。

龍鷹一路從丘頂一邊殺往另一邊，在無後顧之憂下，殺得對方濺血十步之內，更挑起了十多支火把，弄得敵帥親衛團再沒法保持穩如崇山峻嶽的陣式。

最妙的是雪兒顯露出馬中邪帝的威勢，雙目如電，靈活如神，敵馬見到牠不但怯了三分，還不聽主子控制的橫避開去，令敵人的攔截和攻擊力大打折扣。更要命的是雪兒還不住踢蹄，又或以馬軀擠撞對方馬兒，使本已亂作一團的敵人更添混亂。

萬仞雨和風過庭的愛騎和雪兒闖蕩慣了，默契不在三人之下，不用指示，自然隨著雪兒這「頭子」左衝右突，配合得全無破綻，宛若天成。

三人三馬，合成品字形的陣勢，馬後是如被搗破了蜂窩發了瘋追來叮人的惡蜂，前面是奮不顧身擁上來攔截的敵人，右邊是漫佈斜坡要加入戰圈的騎士，左下方對丘丘腳處則為亂作一團的敵帥衛士，而火把落處燒著了野草，冒起十多處火頭，濃煙火舌不住竄高，亂勢已蔓延遍腹地內的敵軍。

龍鷹倏地往斜衝殺，破出重圍，奔下山坡。

他們既掌握主動之勢，馬速又快，攔截者無不濺血拋跌，竟沒人能稍稍延誤片刻。

龍鷹奔下丘坡之際，做了個連兩位兄弟也不太明白的舉動，竟是將接天轟拋往前方上空，落點是親衛團前三丈許的空地。

所有人的目光不由自主被吸引，舉頭瞧往仍在高空急旋、奇異可怕的兵器，包括對方的主帥將領在內。

同一時間，龍鷹從外袍掏出摺疊弓，另一手由箭筒夾起四支箭，就趁敵人被接天轟分神的良機，望空連珠射出四箭。

第一個遭殃的是號角手，他正依敵帥因龍鷹等改向朝他們攻來的行動，作出調配而吹響號角，傳達指令，給先到的第一支勁箭命中面門，號角聲變成傳遍整個戰場的臨死嘶喊，戛然而止，其震撼力比之千軍萬馬殺來，有過之而無不及。

第二箭射中敵帥身後最高的旗幟，帥旗應箭斷折，頹然側倒。

最後兩箭命中兩個舉起火把爲主帥照明的親衛，火把隨他們掉往地上，立即燃著了附近因而沾上火油的野草。

萬仞雨和風過庭終明白龍鷹的詭謀，一邊撥掉從後方擲來的槍和矛，一邊叫絕。龍鷹以其神乎其技的箭術，忽然間已營造出對方主帥被直接攻擊的假象，能目睹眞正情況者，只限於腹地內的二、三千人，其他不是被丘陵山地阻隔視線，便是因過遠看不眞切，主帥又因忽然失去號角手，一時被癱瘓了指揮的能力，就像個孔武有力的巨人，忽然變成沒了眼的盲子，空有渾身力氣，連乾瞪眼也辦不到。

一隅的混亂，終蔓延至全軍。

兩翼的軍隊，乃敵人重兵所在，可靈活地支援前線的己軍，甚至乎繞擊來犯者，分佈左右兩座高丘的丘頂和丘腳，離主帥的高崗各距百丈之遠，亦數他們最不清楚中後方正發生的事。還以爲敵人已強攻進來，正衝擊主帥的親衛兵團，又收不到指示，且曉得號角手已被宰掉，哪敢猶豫？從兩邊急馳來援。

前鋒軍亦分出一半人馬，朝後方殺去，登時使前線兵力大幅削減。

一動無有不動，龍鷹雖只牽主帥的「一髮」，已成功動搖了敵人全軍的陣式佈局，還搖撼了敵人的軍心。

火勢不住蔓延擴大，冒起十多股濃煙，隨風吹往敵帥所在的高崗。

雪兒如疾風勁矢般飆坡而下，親衛團怕龍鷹再施箭攻，不得不衝前迎擊。

接天轟從天上落下，一寸不差落入龍鷹手裡。

敵帥親衛團不愧精銳裡的精銳，重整陣腳，組成戰陣，前兩排均是盾矛手，後三排爲刀手，陣容鼎盛的奔殺而來。最具威脅的是兩翼起步較早，形成鉗形之陣。只要中陣的盾矛手能稍擋三人片刻，他們將會陷於至死方休的重重包圍裡。

只看眼前敵人驃悍的體型氣度，便知對方有足夠的能力，他們再難像剛才般逞威風。

換過是剛離長安之時，陷身如此血戰，此時已後勁不繼，可是經過沙漠高原的磨練，對壘沙場如吃飯睡覺般平常，他們掌握了在千軍萬馬裡持亙和回氣之道，直至此刻仍是猶有餘力，但確實已因難以避免的受傷失血，難以支撐長久。

龍鷹知道爲山九仞，勝負看此一簣，驀然狂喝一聲，就那麼全力擲出接天轟。

接天轟風車般急旋，再難分是哪一端，變成一團光影，打著轉平旋往正前方攻來的敵人，帶起的勁氣，所到處的方圓三、四丈，全被籠罩，空氣似給撕裂，令敵人眼如針刺，耳鼓雷鳴，膚似刀割，再難做出平常的判斷和應該的反應。加上火屑漫空，情況有如幽冥地府。

接天轟光影所到處，人馬濺血倒地，當同時擊落最後一排的兩個人時，本氣勢如虹的敵人已是陣不成陣，還讓出暢通無阻的去路。

雪兒知機的加速，龍鷹順手拔出烏刀，左掃右劈，兩敵被他劈得往兩旁拋擲，各壓倒己方數騎，親衛團更是潰不成軍。

親衛團尚有一半人馬留守丘腳，以爲己方迎去的人怎都可阻截龍鷹等一會，又看不真切，忽然間接天轟餘勢不止的朝他們旋來，大吃一驚下連續數人被奪命，接天轟方掉在留守的親衛團陣內。

龍鷹三人脫圍而來，趁最後一道防線陣腳大亂之際，閃電般破入敵陣內。

龍鷹側身從地上抓起完成使命的接天轟，順勢旋揮一匝，收拾了衝上來的兩敵，接天轟化爲漫空光影，隨雪兒的步伐直搗硬闖，忽然間發覺壓力全消，原來已闖出親衛團最後一道防線。

前方是頗爲陡峭的長斜坡，敵帥所在處高達三十丈，其他敵人全在後方。就在此時，後方喊殺震天，迅速逼近，顯然施浪援軍已突破對方的前鋒陣地，直朝這裡殺過來。

倏地上方人影幢幢，主帥和將領們則橫移往右，原來是護後軍從另一邊趕上來保護主帥，且有近二百多人居高臨下的衝下斜坡，氣勢極盛。如讓前後兩方會師，他們將陷浴血死戰之局，未待援兵趕至已一命嗚呼。

龍鷹不驚反喜。

他最害怕的，是敵帥後撤，抵達安全位置後再領軍反擊，現在卻是力圖在他們抵達崗頂前收拾他們，便予他們可乘之機了。

他將接天轟放在腿上，喝了聲「護後」，以最迅捷的手法祭出摺疊弓，張開、取箭、上弦，連珠射出。

他不是直射正如狼似虎奔下來的敵人，而是往上再彎下，目標是最後排的敵人，呼吸間已有多人面門中箭，頭盔起不了絲毫阻擋的效用，敵人從馬背掉下來，翻滾而下，其作用與檑木無異，立時絆得前方的馬兒紛紛失蹄，形成更大和往下擴展的連鎖效應，氣勢如虹的生力軍，不但再難起攔截作用，且自身難保。

龍鷹改向斜去，領著萬、風兩人橫馳開去，任由像越滾越大的雪球般的百多人馬，檑木般帶著漫天塵土草屑，滾跌往後方從丘腳漫坡追來的敵騎。

慘叫馬嘶之聲，響個不絕，加上愈趨濃烈的煙火，陣陣捲來，情況的慘烈，教人不忍卒睹。

三人恰巧避過滾跌下坡的敵人，立即壓力大減，更因情況混亂，敵人亦一時間沒法掌握他們的方位，任他們直闖高崗。

十多個成功攔截者，被他們斬瓜切菜的撂倒，驀然間坐騎已踦踏平地，抵達崗頂。

崗上已多處起火，焰舌冒閃，生出大量黑煙，崗上的一列樹叢，更是燒得「噼啪」作響。

敵方將帥，在逾百個親衛簇擁下，正朝另一邊崗坡逃去，看樣子是要與右翼軍會合。

數百護後部隊仍像螻蟻般從後方趕上來，見龍鷹三人露出蹤影，瘋了般追著來。

龍鷹狂喝道：「你們去！」

勒轉馬頭，朝追來的敵人殺去。

萬仞雨和風過庭曉得，成功失敗還看此刻，與他擦身而過，朝敵帥追去。

第九章　大戰之後

三人坐在山頭，呆瞪著東面的山野河谷，昨夜他們狠勝一仗，殲敵六千之眾，當風過庭以他的彩虹劍刺入越析詔著名大將張雄的心窩，敵人群龍無首下，兼之軍心渙散，被澤剛的三千人衝殺得支離破碎，潰不成軍，四散逃命。

他們雖在戰場附近找到大批敵人從洱西集搶掠回來的物資糧食，但被擄的白族女子，已被敵人早一步送走。三人挺著疲困的身體，尋蹤跡至此離戰場里許處的山野。

晨光溫柔的照拂他們，激烈的戰爭只像一場夢，毫不眞實。

風過庭道：「戰爭令人疲倦，不但身倦，心也勞累。不過當我殺掉張雄的一刻，的確感到快意。」

萬仞雨點頭道：「這是因爲你對洱西集有深刻的感情，能爲他們報仇雪恨，當然痛快。」

龍鷹看著遠方流過的一道河，穿山越嶺，形成連串的河谷，歎道：「在到雲南前，還以爲要找在洱西平原附近一個美麗和有人聚居的河谷不該太難，到現在方曉得不但困難，且近乎是沒有可能的。」

三人從澤剛處，弄清楚了整個洱滇區的山川形勢，方知地理環境的複雜，遠超乎他們的想像之外。全境處於中土西南邊陲，逾九成以上是山區。

西部橫斷山脈，形成高黎貢山、怒山、碧羅雪山、雲嶺等一眾崇山險峰，南北縱列，連綿數百里，群山之東是雲貴高原，烏蒙山脈由東北向西南方延展，南部是較低的河谷地帶。在這高起低伏的山地，湍江大河密佈，伊洛瓦底江、怒江、瀾滄江、金沙江、元江、南盤江六大水系貫穿全境，大小支流如脈絡相通。除綿延的大山和湍急的江河外，山嶺與山嶺間形成了一片片山間盆地和高原上的湖泊，最大的當然是滇池和洱海，要在這麼一個地方，去尋找夢境裡的一個河谷，其難度可想而知。

萬仞雨道：「轉世的眉月，很大可能是被擄走的白族女之一，只要我們追上去救回她們，再逐一以玉針試探，尋得玉針眞主，便可大功告成。」

龍鷹皺眉思索道：「我總感到事情不是這麼的簡單，眉月既令公子連續多晚做同樣的夢，而美麗的河谷每次均出現在夢境裡，其中必有深意，只是我們不明白。」

風過庭慘然道：「我最怕眉月已遇不幸，所以不論我們如何努力，最終仍是一無所得。」

龍鷹道：「你只是關心則亂，我敢肯定轉世的眉月仍活得美麗活潑，關鍵處正在於夢境裡的美麗河谷，只要你深思，會明白我意何所指。」

萬仞雨精神一振，點頭道：「有道理！夢中河谷最微妙之處，是帶有預言的意味，讓公子看到在未來發生的生命片段。」

龍鷹接下去道：「所以公子的夢是個預言，夢中的情景，會在未來某一刻重現，是命中注定的，沒有人能改變，因此你回來了。」

風過庭的眼睛亮起來。

萬仞雨道：「眞的有命中注定這回事嗎？」

龍鷹苦笑道：「天才曉得。這類事永遠像在迷霧裡，疑幻疑眞，是人生永遠解不開的謎團。」

風過庭道：「做夢的事，只在不久前發生，眉月是否尙未投胎轉世，只是鬼魂來託夢？」

龍鷹道：「肯定不是這樣子，否則你現在該不是坐在這裡，河谷的情景亦不會發生。與鬼神有關的東西，超越了我們的理解，眉月自盡之後、轉世之前，會曉得很多我們不知曉的東西，故能將最關鍵的情景，化爲強烈的訊息，便如一封未打開的信函，直至公子受天石引發，方在夢中打開來看。」

萬仞雨讚道：「這是我的比喻，但被你用得很傳神，公子該再無疑問哩！」

風過庭向龍鷹問道：「你曾經歷過死而復生、有神通廣大的感覺嗎？」

龍鷹坦然道：「當時我感到被一股強大的力量吸引著，要將我帶離人世，我的情況與眉月不同，她是帶著『期諸來世』的強烈願望，放棄生命去投胎輪迴，我則是不甘心去死，故掙扎著回來。幸好當時我與魔種合而為一，所以得到強大的支援，不管傷得如何重，口鼻呼吸斷絕，仍然可以活過來。」

萬仞雨歎道：「天下事確實無奇不有，魔種顯然是超越了生死的異物，同時亦是你的某一部分，要到你死掉，方能與你結合為一，共死共活。難怪你這小子如此異乎常人。」

風過庭吐出一口壓在心頭的氣，道：「我現在舒服多了，既然鐵定了在將來發生，我們現在亦不需用神去找。」

龍鷹道：「公子是不是累了？」

風過庭道：「是想得累了，更是害怕，怕即使找到她，卻沒法將她視為眉月，沒法生出愛意。十多年來，我已失去愛上任何女子的心，不知道愛是怎樣的感覺。」

龍鷹道：「精采處正在這裡。命運的神奇安排，會巧妙至你沒法相信，否則眉月的『期諸來世』便太沒道理了。便像在看自己為下一世的自己寫的自傳那樣，如果在看書前，你告訴席遙看一本書，可改變他根深柢固的想法，改變他的人生，打死他仍不肯相信。」

此時澤剛來了，在三人旁坐下，容色雖倦，神情卻處於亢奮的狀態，恭敬的報告道：「殺敵五千五百三十七人，傷敵無數，敵人已被驅散，人數雖仍在我們之上，但因主帥陣亡，在數天內難以重整，所以我們暫時是安全的。不過由於地近蒙巂人，此處是不宜久留。」

龍鷹訝道：「沒有俘虜嗎？」

澤剛理所當然做了個割頸的手勢，從容道：「一切依族規辦事，只留下幾個頭子級敵人來拷問，然後宰掉。」

三人均感殘忍，但想起對方對洱西集人畜不留的手段，也沒甚麼可以說的。

澤剛又興奮的道：「這是我施浪族前所未有的大捷，全賴龍神巫的神機妙算和三位的超凡武技，敵人留下裝備完整的戰馬九百二十二匹，兵器弓矢以千計，還有大批糧貨物資，我必須分出一半人手，送返本族，還有受傷的兄弟和陣亡者的遺體。」

萬仞雨問道：「死了多少人？」

澤剛答道：「損失了二百三十一個戰士，是非常了不起哩！」

龍鷹沉吟道：「澤剛你有沒有想過此戰帶來的後果？」

澤剛茫然道：「有甚麼後果？」

龍鷹沉聲道：「此戰對方雖是傷亡慘重，但對他們的實力卻是影響不大，可是因主帥被殺，聲譽的影響卻是非常嚴重，如果不能在短時間內重振威望，扭轉形勢，不單己方士氣慘受打擊，原本懾於他們威勢的其他各族亦會蠢蠢欲動。以宗密智的聰明才智，絕不容情況發展至那個地步。」

澤剛早奉他為神明，大吃一驚道：「那我們必須全力備戰，以防敵人來犯。」

萬仞雨搖頭道：「如直接去攻打你們，等若逼鄰近的澄睒詔、浪穹詔與你們聯手反抗，因為吞併你們後，肯定下個輪到他們其中之一，這是唇亡齒寒的道理。」

澤剛道：「既不敢來攻打我們，宗密智還有何手段？噢！風城。」

龍鷹讚賞道：「澤剛兄畢竟是有智慧的人。現在洱滇區情況分明，最肥沃和資源豐富的兩片土地，分別是洱海區和滇池區，誰能控制任何一區，便奠定了統一雲南的基礎。其中又以你們烏族聚居的洱海區爭鬥最烈，脫穎而出者，將擁有洱海和蒼山間珍貴的洱西平原。滇池區的民族以白族為主，雖然富裕，但在武力上卻遠非你們的對手。」

澤剛雙目放光，點頭道：「確是如此，龍神巫想得長遠，不知是否能預見未來呢？嘿！」

龍鷹沒好氣道：「我既不知未來的事，亦不是龍神巫。唉！真是筆糊塗帳。」

萬仞雨笑道：「龍神巫萬勿謙辭，這個位子你是坐定了。哈！說出你的提議吧！」

澤剛乾瞪眼睛，不明白他們在說甚麼。

龍鷹狠狠瞪萬仞雨一眼。

萬仞雨聳肩道：「要怪須怪公子，可不是在下將你擺上這個位子的。」

風過庭語重心長的向澤剛解釋道：「在未有足夠實力前，千萬不要做霸主之夢，以最強大的蒙巂詔和施浪詔來說，聯合起來，仍遇上現在的困難，可見因著地形複雜，山多人少，利守而不利攻，也因此六詔在以前可大致保持均勢。當然，這種均勢已因宗密智令兩族組成聯合陣線而打破，對任何一方來說，再沒有回頭路可走，直至某方被徹底擊垮，所以現在的每一個行動，均要爲最後的勝利做準備。」

萬仞雨道：「洱西平原既是必爭之地，那位於洱海南端的風城更是不得不爭，若落入宗密智之手，等若在蒙巂詔和越析詔間擁有最戰略性的據點，既可令兩詔的力量進一步結合，更可控制洱西平原，扭轉頹勢，所以宗密智的下一個目標，肯定是風城，再沒有另一個可能性。如果昨晚敗的是我們，敵人的聯軍，現該在到風城去的路上。」

澤剛汗顏道：「三位是有大智慧的人，我卻是眼光短淺，現在我該怎麼辦呢？」

龍鷹道：「非常簡單，就像今次得到的戰利品，全送往風城去，並助白族加強城防，全力備戰，那你不但可贏得洱海白族的友情，還可贏得各族的尊敬。如讓風城失陷，接著勢是亡國滅族的大禍，改由敵人幹掉你們的傷兵。」

澤剛道：「一切依龍神巫指示，我還須回去向酋父解釋，不過怕難再抽調戰士，因爲越析詔離我們不到百里。」

龍鷹見他聽教聽話，心中歡喜，不計較他再以刺耳的「龍神巫」稱呼自己。道：「問出甚麼來呢？」

澤剛微一錯愕，方會意過來，道：「眞古怪，從洱西擄來的七百多個年輕女子，不是送往蒙巂詔的陽瓜州，而是東面的馬龍河，裝滿八十輛騾車，由三百個敵人押送，至於眞正的目的地，只有領兵的頭領清楚，一副神秘兮兮的模樣。」

又道：「我會領一半人，隨你們去救被擄女子，其他人則送戰利品到風城去。」

萬仞雨道：「送東西到風城事關重大，必須由你去指揮。對方只得區區三百人，我們三人便可收拾他們，但送她們到風城去，卻需多幾個人。這樣吧！給我們五十個好手，我們會辦得妥妥貼貼。」

再商量了各方面的細節後，澤剛離開山頭，好去做出妥善的安排。

萬仞雨向兩人道：「怎麼看？」

風過庭道：「不但與販賣人口有關，且與滇幫老大爨斑有直接的關係。即使宗密智和爨斑不是大江聯的人，也與他們有勾結，情況便像以前的欽沒與大江聯的關係。」

龍鷹點頭道：「我看過池上樓供詞的手抄副本，爨斑是大江聯在洱滇區的代理人，這裡受歡迎的不是金子，或是衣物糧食，又或戰馬牛羊，這些東西均不虞缺乏。南詔人最需要的，就是兵器和弓矢，以應付戰爭的需求。爨斑從大江聯處得到物資後，便以之向白族和烏族換取女子和礦產。礦產可以開採，女子只能透過掠奪得之。像今次的七百多個綺年玉貌的白族女子，其人數之多肯定是從未有過的，能換回來的軍用物資，當非常可觀。」

風過庭雙目寒芒爍閃，道：「爲求成功，不擇手段，宗密智是鋌而走險，我會教他爲此後悔。」

萬仞雨道：「大江聯本身該有大規模的兵器弓矢甲冑鑄造場，否則要礦產來幹甚麼？又怎能用大批兵器與詔人做交易？大江聯始終是我們的心腹之患，不但對中土滲透徹底，連邊陲區和吐蕃都不肯放過。」

龍鷹想起寬玉，道：「大江聯確有足夠資格作爲我們最頑強的對手，比默啜更難應付，愈曉得多點，愈感低估了他們。」

萬仞雨道：「大江聯控著金沙幫，正顯示他們對洱滇區的重視。」

風過庭沉聲道：「我們或可來個人貨兩得。」

龍鷹哈哈笑道：「小弟正有此意。」

此時澤剛回來了，領著叫河野的堂弟。河野二十歲許，身手了得，思考敏捷，與三人相處得很好，經昨夜之戰後，對他們是盲目的崇拜。

澤剛道：「五十人由河野帶領，正在山腳休息等待。」又向河野吩咐道：「拿主意的是龍神巫，明白嗎？」

河野恭敬的道：「當然！當然！」

澤剛道：「請三位前輩照顧他，這小子別的不行，生兒子的本領卻相當不錯，至今已有三子兩女。」

龍鷹失聲道：「河野你有多大呢？豈非至少每年生一個？」

河野道：「請龍神巫多多指教。」

萬仞雨啞然笑道：「這方面恐怕我們無人有資格教你。哈！」

風過庭淡淡道：「是趕路的時候了，到今晚才好好休息。」

接著的三天，一行五十三騎全速趕路，憑著龍鷹的靈應，對方又因沒有防範之心，終於在第三天的午後，載滿女俘的騾車隊，出現前方。

三人和河野蹲在山上一處高崖，瞧著在山下平原緩緩而行的目標隊伍，馬龍河在更遠處蜿蜒流過，一邊是瘴氣瀰漫的沼澤區，另一邊是丘陵起伏、林木茂密的荒山野嶺，只有河原區地勢較為平緩。

河野道：「我們馬快，借地勢的掩護，可向他們發動突襲，殺他們一個措手不及。」

萬仞雨道：「我們今次是要一箭射兩鵰，不但要摸清楚騾車隊敵人的底子，還要摸清楚來交易的滇幫人的情況，不容有失。最怕的是給對方跳河逃生，我們的戲法便不靈光。」

河野受教道：「一切依龍神巫和兩位大哥的指示。」

龍鷹道：「停下來了！」

騾車隊在岸旁一處平地停下來，看情況是要設立營帳。

風過庭道：「只要曉得交易的地點，便可設計對付。」

河野道：「我們不如把敵人殺得一個不留，再扮作敵人去和滇人交易。」

三人為之莞爾。

澤剛特別囑他不要拿主意，正因他鬼主意最多。

萬仞雨搭著他肩膊道：「你有冒充敵人的十足把握嗎？」

河野為之啞口無言。

風過庭道：「只要你想通該在交易前動手，還是在交易後動手，一切難題可迎刃而解。」

龍鷹道：「是做功夫的時候了。」

四人離開觀敵點，上馬追去。

第十章　故舊重逢

龍鷹濕漉漉的從水裡躍起，落到岸旁高起尋丈的岸阜，守在那裡的風過庭、萬仞雨和河野忙圍攏過去。

龍鷹瞥一眼下游營地的燈火，一邊運功蒸發濕氣，道：「我的娘！河水又急又冷，少點道行都捱不住。」

風過庭問道：「龍探子探到甚麼消息，這般的興奮？」

龍鷹訝道：「公子的心情好多了，竟懂得開玩笑。」

風過庭道：「人總是要活下去，快快樂樂當然比苦口苦臉好。」

萬仞雨沒好氣道：「不是又要賣關子吧！」

龍鷹陪笑道：「小弟怎敢？來！先坐下，再聽本探子的報告。」

四人到一旁的石堆坐下。

龍鷹道：「果如所料，從對岸乘木筏過來的三個人，是滇幫的人，渡河與蒙巂人商討明天交易的細節，被老子潛近，聽個他奶奶的一清二楚。」

河野擔心的道：「龍神巫沒被人發現吧？」

龍鷹氣壞了的瞪他一眼，道：「你有聽到殺聲震天嗎？」

河野知錯的道：「對！我是多此一問。」

萬仞雨拍他肩膊道：「龍神巫不但有千里眼，還有順風耳，隔幾里也可偷聽到兩方人的說話。」

龍鷹笑道：「沒有那麼遠，只是百多丈的距離。」

河野為之咋舌。

龍鷹清清喉嚨，道：「原來滇幫的人在對岸已等足三天，還拉起了粗索，只要將準備好的浮橋架起，可透過浮橋交換貨物。嘿！蒙巂人當然是交人，你道滇幫的人交甚麼呢？」

風過庭向萬仞雨笑道：「人的性格是沒得改的，看這小子便明白。」

萬仞雨笑而不語，只拏眼盯著龍鷹。

河野不解道：「在我們那裡，神巫是最受尊敬的人，為何兩位大哥全不當龍神巫是一回事呢？」

三人先是呆了一呆，方忍俊不住的笑起來。

龍鷹道：「小野你眞有趣。好哩！閒話說夠哩！滇人交出來的貨裝滿三百五十個木箱，由一百二十輛騾車負載，內藏上等強弓二千把，箭矢二十萬支，最厲害的是尚有兩臺六弓弩箭機，另附重鐵箭四百支，能射塌一般以泥石築起的城牆。」

連萬仞雨和風過庭也嚇了一跳，河野更不用說。

在南詔這個地理環境裡，弓矢是最方便和有效的遠武器。

河野擔心的道：「我們加起來只有五十三個人，如何驅動百多輛騾車？」

風過庭道：「壯士不夠用，可出動壯女。」

河野拍額道：「是我糊塗，跟著龍神巫、萬大哥和風大哥，每天都學到很多新東西。」

萬仞雨沉吟道：「宗密智此人確不可小覷，謀定後動，整個行動一環扣一環，如果不是出了岔子，只憑這兩臺弩箭機，可輕易攻破風城。」

轉向河野道：「風城地勢如何？」

河野道：「風城築於龍尾山上，山後是洱海，城牆依山險而建，引入洱海成廣闊的護城河，城前河外有河，以石橋接通，在堵截護城河前，沒法以檑木撞門或撞牆。」

萬仞雨道：「這便是劫人換貨的原因。」

風過庭向龍鷹道：「你只是隔遠偷聽，怎能知得如此鉅細無遺？」

龍鷹欣然道：「因為滇幫那傻瓜向一眾蒙巂混蛋宣讀貨物清單，被老子全收進靈耳裡，明早架設浮橋後，滇幫的人先將貨送往這邊來，檢驗無誤後，蒙巂人放人過去。」

河野忍不住道：「滇幫肯這般吃虧嗎？」

眾人早習慣了他愛說話，且最喜說沒頭沒腦的話，還感到是種調劑。龍鷹答道：「雙方今次是首趟的交易，互相約定人數不可超過三百，故而實力相等。過河來商議者叫白璧，肯定是高手，說不定就是爨斑座下四大高手之一。」

萬仞雨冷哼道：「我第一個宰掉他。這種喪盡天良的人口販子，殺一個，少一個去害人。」

河野虛心問道：「明天我們該在何時下手？」

龍鷹從容道：「技術就在這裡。何時下手，可帶來不同的效果。」

河野愕然道：「竟然有分別？」

風過庭悠然道：「當然大有分別。待他們交易妥當，拆掉浮橋，各自離開之際才下手，先將滇幫的人殺個片甲不留。哈！我是有點誇大，對方人多，怎都會有幾個人漏網，但卻是無關痛癢，只要爨斑懷疑是蒙巂人幹的便成。」

河野不解道：「但對方可從我們的裝扮服飾，看穿我們不是蒙巂人呵！」

萬仞雨啞然失笑，道：「小野你仍是嫩了點。蒙巂人去做有虧道義的事時，難道不會扮成其他族的人嗎？在這樣的情況下，蒙巂人最脫不掉嫌疑。」

河野恍然大悟的道：「明白哩！救回白女後，我們立即去追擊攜貨離開的蒙巂人，由於貨重車慢，可以很快趕上他們。哈！最妙的是蒙巂人還以爲是滇幫的人幹的。哈！交易前和交易後，確有很大分別。」

龍鷹欣然道：「孺子可教也！」

次日天尚未亮，滇幫的人開始鋪設浮橋，就是將十多個下裝浮筒的大木筏，以繩索固定，浮力強大，足以負重。且由於所選河段，較窄較緩，又做足準備工夫，不到個半時辰，成功架起浮橋。

接著是將三百多個木箱，逐一放在裝上輪子的木板車，推曳過橋，浮橋左搖右擺，過程險象橫生，窺伺一旁的龍鷹等比他們更擔心，又怕貨物掉進河水去，更怕浮橋斷折，因已視敵人的貨爲囊中之物，幸好有驚無險，直至午後時分，方將三百多個箱子全運往蒙巂人那邊的岸上。

七百多個綺年玉貌的年輕洱海白族女子，腰間被繩子綁著，十二人爲一串，押往對岸。

此時貨物已全被安放到騾車上，蒙巂人交出眾女後，立即起程。

白女們被帶往一處營地，滇幫分出五十人去看管，其他人動手拆浮橋，拆橋似比裝橋更困難，滇幫的人忙得天昏地暗，茫然不知龍鷹等已進入攻擊的位置，隨時可發動攻擊。

到蒙巂人遠去逾十里，又被山丘阻隔，不虞他們聽到打殺聲，加上日漸西沉，大地颳起陣陣寒風，龍鷹一聲令下，向敵人展開全面和有效的攻擊。

萬仞雨和風過庭，領著二十人潛往白女的營地，以迅雷不及掩耳的手法，十多下呼吸間解決了五十個看守的敵人。

龍鷹、河野和餘下的二十九個施浪戰士，對仍在河岸區做苦差的敵人發動猛攻，先以勁箭射殺對方六十多人，其中近半由龍鷹包辦，他專挑泡在水裡的敵人下手，以防敵人見勢借水逃遁。

萬仞雨和風過庭留下二十個兄弟封鎖離岸之路後，改爲攻擊逃離河岸的敵人，龍鷹等則沿河殺去，對方正身疲力倦，一些人甚至沒有兵器隨身，又是猝不及防，攻擊變爲屠戮。萬仞雨果如他的許諾，親手斬殺白璧。滇幫的三百戰士，全軍覆沒，逃者均被追上擊殺。

龍鷹三人留下河野等收拾殘局，處理屍體和重設拆了大半的浮橋，便那麼策馬渡河，摸黑去追蒙巂人的隊伍。

忽來一場夜雨，三人心中叫好，蒙巂人該像滇幫般疲勞，辛勤一天後，又以爲有己方人馬來接應，鬆弛下來，沒有防範之心。

到敵營燈火在望，三人全無顧忌的直奔營地，先以勁箭隔遠射殺在營外放哨的戰士，然後大開殺戒。蒙巂人在睡夢裡驚醒過來，措手不及下被殺得四散逃命。

天明時，大局已定。

三天後，他們沿馬龍河北岸，領著由「壯女」駕駛的騾車，朝風城進發，到了馬龍河與周近水交匯處，此際姚州都督府位於北面二百里，與西北面的風城距離大致相等。

雲貴高原的二百里距離與中土的二百里大有分別，皆因被高山險嶺和谷川阻隔，交通不便，所以雖是距離相等，但是到風城去比到姚州去快很多。

姚州都督府雖然是名義上統治著雲南廣闊的羈縻州郡，卻是有名無實，且兵力薄弱，地方上發生任何事，只能乾瞪眼兒。

走了整天路後，大隊停下來立營休息。因仍在險境，他們倚河在高地置營，河野又派人輪番放哨，以保安全。

最舒服的是一眾白女，逃出生天後情緒高漲，開心得不得了，自發地伺候他們，生火煮麥粥，營地充滿大劫後的歡悅。

馬龍河兩岸雨林密佈，尤多芭蕉樹，莽莽蒼蒼，河水水質明淨，各種野生動物活躍其間，生機盎然。塔克拉瑪干的乾旱酷炎，朝熱晚寒，又或高原羌塘的千里不毛，變幻無常，已化爲遙遠和不眞實的幻夢。

三人圍著篝火進食。

聽著白女傳來的談笑聲，龍鷹心中湧起滿足的愉悅，向風過庭道：「有感覺嗎？」

風過庭搖頭表示沒有，然後道：「人太多了，只能大致上看一遍，又不好意思逐個去盯，不過沒有一個惹起我特別的感受。」

這批白女頗不同於中土的黃花閨女，自少騎馬放牧，有些還受過技擊箭術的訓練。

萬仞雨道：「我已著河野去探聽情況，可肯定的是，洱西白族族長魏子期之女，有洱海最美麗處女之稱的紀干，並不在其中。眞頭痛，如何可逐一讓她們拿著玉針做測試呢？龍神巫快給我想出方法。」

龍鷹沉吟道：「辦法不是沒有，例如我謊稱她們被宗密智下了毒咒，必須拿著玉針再由本神巫爲她們解咒。不過我總感到這是多此一舉，只要那美麗的河谷和動人的倒影沒有出現，公子和眉月的隔世情緣，仍像彩虹般尚未到成形成器的一刻。」

風過庭同意道：「我也有這個感覺。」

萬仞雨道：「最有可能是眉月者仍數紀千，不但年齡和生地符合，更因她的美麗，眉月若再轉世，選的當然是最美麗的軀殼，如此才能令見慣美女的公子對她情不自禁，否則便太沒道理。」

龍鷹點頭道：「萬爺的猜測有很大的根據，我也認爲紀千是眉月，希望她和族長父親逃到風城去，那便可讓她握著玉針試試。」

風過庭雙目射出熱切的神色，抬頭仰觀在天上飛翔的神鷹，道：「到風城後，我會到洱西平原拜祭眉月，希望能多得點啓示。」

河野春風滿面的回來，坐下道：「事情的經過原來是這樣的，洱西集出事前的十五天，忽然收到宗密智的最後通牒，限令他們在十五天內交出百名十六歲以下的美麗處女。依照洱海人的傳統，女子十六歲足會舉行成年禮，然後嫁人，所以休想從滿十六歲的女子之中找到處女。哈！」

萬仞雨責道：「你現在說的，該一點不好笑。」

河野受教，罵自己兩句後，板起臉孔道：「宗密智橫蠻無理的要求，惹起很大恐慌。此時居於洱西集和洱西平原的白族約有一萬戶近十萬人，但對於如何應付卻是意見分歧。最有影響力的是族長魏子期和神巫當信，但兩人持的卻是相反的意見。」

萬仞雨冷哼道：「宗密智指定交出的百名處女中，包括魏子期的美麗女兒，當然使魏子期沒法接受。」

河野續道：「魏子期認爲蒙巂和越析兩詔是烏族裡最強大的，聯合起來勢不可擋，若是硬撼，無異以卵擊石，所以逃亡是唯一的選擇。他更指出兩族非只是要一百個處女那末簡單，而是要將白族趕盡殺絕，佔領富饒的洱西平原，是統一洱滇區的第一個軍事行動。而白族的唯一生路，是逃往遙遠的滇池，聯結當地的白族反抗敵人。」

三人交換個眼色，心中叫苦，這麼看，紀干逃往滇池的可能性最大。

河野道：「神巫當信卻指出他們在洱海區累世定居，得山神庇佑，只要全力保衛家園，必可度過劫難。兩個說法均得到支持，魏子期在通牒後第二天的清晨，逕自領著追隨他的人，往東逃難到滇池去。亦有二萬多人逃往風城、又或到蒼山避難，最後所有人集中在洱西集，約有三萬多人。」

風過庭道：「照我們在洱西集所見，死難者該不過三千人。」

河野道：「這是因爲留下者將老弱婦孺，以漁舟送往海上的島嶼，剩下的五千白族戰士，在洱西集架起屏障，掘陷坑，全力備戰。不過他們兵器破舊，弓矢不足，且缺乏戰鬥經驗，又沒有出色的軍事領袖，且由不通軍事的當信指揮，結果可想而知。」

龍鷹道：「白女又是怎樣落入敵手的？」

河野道：「宗密智該早派奸細入集，監視洱海人的一舉一動。在攻打洱西集的同時，越析人從洱海東乘舟登陸海上島嶼，未能及時逃生者全落入他們的魔掌去，七百多白女便是這樣被活捉的。」

又壓低聲音道：「她們對三位大哥不但感恩，還非常仰慕，如三位肯召她們入帳侍寢，是她們的榮幸，並願永遠追隨。當然是任大哥們挑選。」

三人對視苦笑，卻絕不怪她們放蕩，現時是兵荒馬亂，她們的家人親友生死未卜，洱海區在將來很長一段時間勢必動蕩不休，今天沒法知明天的事。她們變成了無根的浮萍，唯一可依賴者，是有能力保護她們的強人。親眼目睹下，龍鷹等以五十三人之數，不費吹灰之力收拾了滇幫三百人，後又擊垮蒙巂人，搶得弓矢。所以他們每一個人，都成了她們託付終身的理想對象，尤以龍鷹三人爲最。

大草原遊牧民族開放的風氣，是因環境培育出來的，男女混居，不像中土般受深院大宅的阻隔，更不用說儒教禮數。

萬仞雨道：「她們不仰慕你嗎？」

河野道：「我已擁有兩個女人，頂多多娶一個，現在就看她們之中，誰是我最無法抗拒的。唉！不過娶外族女子，須得大酋批准的。」

腳步聲響。

四人循聲瞧去，一個體態頗美的白族女子，正朝他們走過來，在諸女裡算是年長，但該仍未過二十五歲，清秀可人，像看不到其他人般，只盯著風過庭。

風過庭先是像其他人般不明白她因何而來，接著現出心神顫動的神態，叫出聲來。

第十一章　兩族共主

「小宛！」

女子雙目熱淚泉湧，不顧一切的朝風過庭投去，風過庭亦神情激動的張開雙手，將她擁進懷裡去。

雙方顯然是舊識。

女子雙肩不住抽搐，悲切的道：「小宛第一眼看到庭哥兒，已有似曾相識的奇異感覺，庭哥兒長得更高更英挺哩！最不同的是風度和神氣，到剛才看到鷹兒，才福至心靈想到你是庭哥兒。巫主她……她……」

說到「巫主」兩字，哭得更厲害了。

風過庭愛憐地輕撫她香背，淒然道：「不要哭！該歡喜才對。」

向呆瞪著他們的三人解釋道：「小宛是巫主的小侍婢，當年她只得十一歲，小小年紀便懂得爲我包紮傷口和換藥。」

龍鷹和萬仞雨明白過來，亦是心中歡喜，幸好他們及時趕至，將小宛從人口販子魔爪裡拯救出來，否則她未來的命運不堪設想。

河野一頭霧水的問道：「誰是巫主？」

小宛仍不肯離開風過庭的懷抱，飲泣著道：「巫主就是我們白族的『丹冉大鬼主』，於太陽被魔神吞噬的那一年撒手離世。」

河野大為錯愕，呆了起來。

龍鷹等只看河野的反應，便知有丹冉大鬼主之稱的眉月，在洱滇區享有盛名，故此河野雖為外族，仍感如雷貫耳。心中湧起古怪的感覺。

風過庭拍拍她背脊，道：「不要哭了。坐下來再說。」邊說邊移開她少許，為她拭淚。在風過庭的勸導下，哭得雙目紅腫的小宛隨他坐下來，卻是如見至親，片刻亦不願離開他，緊擠他坐著。

河野吁出一口氣，道：「丹冉大鬼主是近百年來洱滇區法力最高強的大鬼主，如她仍然健在，絕不教『鬼尊』宗密智橫行無忌，攪得洱海地覆天翻。」

三人想不到眉月在當地外族心中如此有威望和地位，均有沒法說出來的感受。

小宛在風過庭耳邊輕輕道：「小宛有很多話，十多年來一直鬱在心底裡，要告訴庭哥兒。」

龍鷹不解道：「庭哥兒於你主子過世後，曾返回洱西平原，小宛沒遇上他嗎？」

小宛慘然道：「當時我被另一族人收養，到曉得時，庭哥兒已走了。」

萬仞雨向河野道：「小野你去四處打點一下。」

河野知萬仞雨要支開他，偏又毫無反對的資格，不情願的去了。

篝火忽然燒得「噼啪」作響，氣氛立時變得詭異。

風過庭向小宛道：「這兩位是我共生死的兄弟，清楚巫主的事，你有甚麼心事，儘管說出來。」

小宛目光投向龍鷹，囁嚅道：「你眞是中土最偉大的鬼主嗎？」

龍鷹微笑道：「我不是鬼主，卻有個『龍神巫』的外號，是你的庭哥兒改的。」

小宛堅定的道：「不！你是和巫主同樣偉大的鬼主，看著龍神巫的眼睛，便像看到巫主的眼睛，裡面藏著奇異的東西。」

三人交換眼色，想到有其主必有其婢。小宛是察覺到龍鷹的魔種。

小宛現出回憶的神情，道：「巫主很少說話，但在離世前的三天，卻多次和我說話，當時我並不明白，但剛才我看著天上的鷹兒，認出是庭哥兒後，已變得久遠模糊的回憶忽然清晰起來，才知道小姐當年每句遺言，都大有深意。」

三人立告精神大振，開始想到風過庭與小宛的再遇，非是偶然。

風過庭問道：「她說過甚麼小宛不明白的話呢？」

小宛道：「所有話都不明白，小宛才只十一歲，是巫主收養的棄嬰，但有一件事是清楚的，是巫主深深愛上了庭哥兒，庭哥兒離開時，她站在附近一個山崗上，看著庭哥兒遠去的背影，直到太陽再出來，才肯回帳。」

風過庭失聲道：「甚麼？」

龍鷹探手抓著他肩頭，安撫他激烈的情緒。

小宛道：「從開始我便知道了，『眉月』這個名字是巫主的秘密，絕不可讓別人知道，會影響她的法力，可是庭哥兒第一次回復神志，巫主竟告訴庭哥兒，顯然有託付終身之意。」

又淒然道：「庭哥兒爲何離開巫主呢？」

萬仞雨目光投往正神傷魂斷的風過庭，代答道：「這是命中注定的事，不需任何理由，若庭哥兒纏著巫主不去，巫主亦會送他走。」

小宛嬌軀一顫，點頭道：「對！命中注定，這正是小宛當年不明白的話。我很捨不得庭哥兒，還哭起來，巫主便向我說，要發生的總會發生，來的要來，去的要去，終有一天，小宛會明白她在說甚麼。現在庭哥兒終於回來，還救了小宛。」

三人均感頭皮發麻，沒有人比他們更清楚眉月話裡隱含的深意。

小宛道：「在巫主於睡夢裡離開前的晚夜，帳外行雷閃電，大雨滂沱，巫主的神色很不尋常，整張臉像亮閃閃的，對我說了一番很奇怪的話。」

龍鷹喜道：「說出來。」

小宛道：「她說……她說生命沒有起始，沒有終結，生老病死，只是穹蒼的一部分，似如花開花謝，我們不用爲此悲傷，又提起宗密智。」

萬仞雨愕然道：「她怎麼說？」

小宛道：「巫主說她一直在壓制著宗密智的法力，但已開始感到疲倦，她指出宗密智是天生邪惡的人，但卻有非常可怕的力量，不過著我不用擔心，並預言當他變得最強大的時刻，正是他末日的來臨。」

龍鷹奇道：「但當時小宛只是十一歲的小女孩，她怎會對你說這些話？」

小宛道：「小宛已很懂事哩！不信可問庭哥兒。」

萬仞雨道：「這番話，眉月是要小宛轉述給她的庭哥兒聽。」

龍鷹倒抽一口涼氣道：「他們一直在鬥法，直至今天，仍未分勝負。」

萬仞雨和風過庭雙目現出駭然之色，說不出話來。

小宛卻像聽不到龍鷹在說甚麼，道：「巫主是預知自己的死期，所以向我這唯一在她身邊的人吩咐後事。」

龍鷹心中一動，道：「巫主有沒有說過特別的話，指你會再遇上庭哥兒？」

小宛深情地看著風過庭，道：「她沒有這麼直接說出來，只是她說庭哥兒的到來，是個轉機，庭哥兒的離去，亦是個轉機，小宛以後會經歷不同的人和事，千萬勿要氣餒，當另一個轉機來時，一切會煥然不同。」

風過庭道：「這可算是眉月對小宛最後的遺言，難怪小宛一直不明白。」

萬仞雨道：「重遇你是這另一個的轉機，過去的成為過去。一切重新開始。」

又向小宛問道：「小宛嫁人生子了嗎？」

小宛道：「我嫁過兩個丈夫，第一個因年邁去世，另一個在年半前被賀蘭盜殺害，生過一個兒子，卻養不大，很多人視我為不祥的女人。」

她說來語調平靜，但三人均感到她因傷透了心，致麻木不仁。

風過庭道：「過去的就讓它過去吧！我再不容你受到任何傷害。」

小宛感動得眼睛再紅起來。

龍鷹和萬仞雨曉得小宛的出現，觸發了風過庭深心內對眉月的感情，愛屋及烏下，違反一貫的作風，向這一生飽受生離死別摧殘的可憐弱女，許下承諾。

龍鷹問道：「關於宗密智的事，小宛知道多少呢？」

三人對宗密智，愈來愈不敢小覷，此人不但被推爲洱滇區的第一高手，且擁有神秘莫測的法力，又是手段凶殘狠辣，邪惡無情。而從洱西集屠殺開始的連串行動，在在顯示出他不單有統一洱滇區的野心，還有足夠完成他野心的雄才偉略。行動一環扣一環，只是千算萬算，算不到眉月過世後，仍有剋制他的法力。

小宛道：「宗密智一出生便注定是越析和蒙巂的共同大鬼主。他父親無上宗是蒙巂詔的大鬼主，母親豔巫是越析詔第一個女鬼主。他十二歲已長得威武不凡，仿如天神降世。到父母均在同一天死亡，便有傳言他們是故意自盡，好將法力傳給宗密智。」

萬仞雨道：「他父親無上宗的名字是外號嗎？因何宗密智不姓無而姓宗？」

小宛答道：「這是烏族王族的傳統，兒子以父親姓名最後一字爲姓，好像浪穹詔現在的酋王叫鐸羅望，他的父親便是羅鐸；邆賧詔的邆羅顛，父親是皮羅邆；蒙巂詔的照原，父親是佉陽照。」

龍鷹抓頭道：「確是不同家鄉有不同的風俗。鬼主不是只負責祭祀的事嗎？因何現在竟變成了兩族握有實權共主般的人物？」

小宛道：「宗密智的影響力，隨他的年紀與日俱增，在他的煽動下，兩族間開始頻密的通婚，關係更趨密切，兩族內不服他者，都被他害死，他最令人害怕的一役，是與澄睒詔的大鬼主鬥法，在宗密智開壇作法，對澄睒詔的大鬼主譚沖施毒咒後的三天，譚沖竟在毫無先兆下，忽然倒地七孔流血而亡，自此宗密智成爲洱滇區最被畏懼的人，可止小兒夜啼。兩族內再沒有人敢反對他，更可說沒有他的支持，沒人可坐穩酋王之位。五年前，蒙巂和越析公開結盟，奉宗密智爲鬼尊，意爲大鬼主裡的至尊。自此兩族聯手執行宗密智的擴張政策，先後吞併了附近的百多個大小部落，現在終於輪到我們洱海人了。」

萬仞雨大訝道：「想不到小宛這麼有識見，對形勢有如此深刻的了解。」

小宛給讚得不好意思，赧然道：「近一年小宛爲魏子期族長處理雜務，又伺候紀干姑娘，聽他和人說多了，故略知一二。」

萬仞雨奇道：「魏族長不是逃往滇池去了嗎？因何小宛不隨他們走？」

小宛黯然垂首，輕輕道：「不是不想隨他們走，而是我曾在巫主墳前立誓，要永遠守在她身旁，所以明知會掉命，仍不願離開。我被捉拿時，就是在巫主的墓旁。」

三人爲之惻然。

風過庭探手摟著她香肩，差點掉淚。

小宛輕輕道：「現在除了施浪人，再沒人敢捋宗密智的虎鬚。」

龍鷹問道：「宗密智有親自領軍打仗嗎？」

小宛道：「有過兩次，兩戰兩勝。他平生的第一仗，是因吞併兩個臣屬於蒙舍詔的部落，令蒙舍詔自立為『奇王』的細奴邏勃然大怒，派出有『無敵猛將』之稱的多撒，率萬人攻打蒙巂詔，宗密智親率七千兵迎戰，不但以少勝多，還親自割下多撒的首級，此戰令宗密智成為洱滇區無可爭議的第一高手。」

風過庭雙目殺機大盛，沉聲道：「另一仗是否與吐蕃王之戰？吐蕃人雖因吐蕃王被刺殺而退兵，卻不算是吃敗仗。」

小宛道：「但吐蕃王正是被宗密智刺殺呵！他事後還可安然脫身。」

三人均暗吃一驚，如果此事屬實，必須對宗密智做全新的評估。

龍鷹道：「宗密智因何不趁機滅掉蒙舍詔？」

小宛道：「小宛是聽回來的。六詔裡，以蒙舍詔與漢人關係最密切，漢化最深，又肯吸納我們白族有才幹的人為他們發展國家，並於山險建設有強大防禦力的王城，叫瓏玗圖城，易守難攻。如在未收復其他詔國前，向蒙舍詔妄動干戈，一來難在短期內得逞，更怕是惹得中土人來干涉，得不償失，所以並沒有乘勝入侵蒙舍詔，而只是盡量蠶食蒙舍詔周邊的部落，削弱蒙舍詔的力量。」

萬仞雨吁出一口氣道：「這傢伙確不可小覷，要忍時比任何人都更忍得，須出手時則若如迅雷激電，絕不留手。風城的未來，教人不敢樂觀，對著他，不單要鬥力，還要鬥智。」

龍鷹沉吟道：「這樣的一個人，該與大江聯沒有直接關係，爲何會與爨斑搭上？」

小宛只聽不語。

三人發覺她的確善解人意，聽不懂的絕不插嘴，換了是河野，早已打破砂鍋問到底，不該問的也要問。

風過庭道：「要刺殺吐蕃王，不可能沒有內奸提供情報和掩護，這麼看，宗密智怎都和大江聯有點關係。」

萬仞雨道：「希望有水落石出的一天吧！」

龍鷹向小宛問道：「小宛對紀干姑娘，有沒有特別的感覺？」

小宛現出古怪的神色，欲言又止，像不曉得該如何答他。

風過庭雙目射出熱烈的神色，緊摟她一下，道：「不論是多麼離奇和怪誕，放心說出你眞實的感受。」

小宛道：「我自少追隨巫主到蒼山採藥，所以對山草藥有點認識，巫主過世後，採藥成了我的嗜好和習慣，也有給族人治病。紀干姑娘不知爲何，對山草藥特別有興趣，所以央我教她，因此這兩年來，我和紀干姑娘生活在一起。」

龍鷹道：「她長得美麗嗎？」

小宛道：「紀干姑娘十二歲便出落得如花似玉，她的美麗是很特別的，在小宛心中，只有她方可和巫主相比。」

萬仞雨緊張起來，問道：「紀干長得像巫主嗎？」

小宛一呆道：「我倒沒這麼想過，可是紀干姑娘對山草藥的稟賦似是與生俱來的，和她上山採藥，不時會有與巫主一起去採藥的感覺。」

風過庭一震道：「還有其他相同的地方嗎？」

小宛瞅他一眼，道：「紀干姑娘最愛在山上望往遠方，不時看得癡了，每次都令小宛記起當年巫主看著你離開的情景。」

接著顫聲道：「你們爲何會這樣問呢？告訴小宛吧！是不是巫主還會回來呢？她說過『來的要來』呵！」

到最後一句話，又哭成個淚人兒，可知她對眉月的主婢之情，沒齒難忘。

風過庭道：「我定會告訴你的。」

萬仞雨問出最關鍵的話，道：「紀千姑娘究竟是在巫主過世前出生，還是之後呢？」

小宛哭著道：「巫主過世後三天，紀千姑娘便出世了。她是否爲巫主的再生呢？」

三人均有雲開見青天的感覺，如果紀千不是眉月，怎可能有這麼多相似之處？

第十二章 必爭之地

風城位於洱海南端的龍尾山上，靠洱海的一邊是陡崖峭壁，難以攀爬，面南的一邊山勢轉趨平緩，化爲洱南的平川，地勢起伏，林木茂盛，河湖密佈。

風城便是順山勢而築，坐北朝南，外臨寬達十丈的護城河，背靠龍尾山主峰龍尾峰，東西面如主峰延伸下來的護臂，奇岩險嶺，難以攀爬，成天然屏障。只南面建牆，連女牆高八丈，爲泥石結構，從強力弩箭機射出的重鐵箭，如距離適當，連續多箭命中同一部位，肯定可射穿射塌牆身，開出缺口。

幸好南城牆外設甕城，等若另築一堵城牆，然後在城門一側再開一個甕城門，變爲兩門不是直通，進入後要轉向，外人入城，可先放入甕城盤查，作戰時也可放敵人入甕城，到兩門一堵，來個甕中捉鼈。

風城便是以山爲壁，以水爲壕，內高外低，易守難攻，故成洱海區的兵家必爭之地。由於地勢的關係，山城層層高起，大致可分爲五層臺地，以斜道貫通連接全城，斜道兩旁有石階向上，城門的底層最爲寬敞，有街道房舍，最高的一層是王堡，乃洱海王佟慕白的宮室王堡，城內白族三千二百戶，人口達三萬之眾，是洱海區最具規模的城池。

風城得名的來由，是因連綿百里的蒼山擋住了氣流，冬春盛行的西風，透過蒼山斜陽峰和南哀牢山脈之間的狹長谷道，吹至風城來，形成終年不息的西北風，故此風城的房舍均背風而築，風城的風不帶灰沙，加上洱海的作用，故而空氣清新涼快。

龍鷹等的隊伍浩浩蕩蕩的從山區注入洱南的丘陵平野區，風城矗立前方，確有雄關的氣派，城外處處營帳，顯然是逃避戰亂的洱西白族，在此結帳暫居。

風城東南面兩里許處營帳如林，打著施浪詔的旗號，顯示澤剛等亦沒有進城，令三人心中奇怪。

澤剛聞報而來，截著他們道：「我們想幫忙亦因佟慕白的態度而無從入手，先到我們的營地，然後從長計議。」

三人心中都打了個突兀，只好隨澤剛到施浪人的軍營去。

澤剛握拳道：「以前我已知道洱海王是個糊塗昏庸、縱情酒色之徒，現在才清楚，他不但膽小怕事，且是個死到臨頭仍不知道的混帳。」

四人在營地旁一道小河岸說話，載滿貨物的騾車隊，仍魚貫進入營地去。

龍鷹沉著氣道：「發生了甚麼事？」

澤剛道：「我先派人往風城向佟慕白報喜，告訴他大捷的情況和送他們糧食兵器，並表明願助他們守風城，豈知竟給他一口拒絕，說甚麼不願捲入我們施浪詔和宗密智的戰爭裡，要嚴守中立。」

風過庭皺眉道：「他不曉得宗密智已向他們開戰嗎？」

澤剛憤怒的道：「這隻縮頭烏龜，根本不理洱西族人的死活，只管關起門來稱王。看！逃難來的洱西人全被拒於城外，很多人已改往姚州或滇池逃去，兩天內走了萬多人。」

萬仞雨駭然道：「那他當亦不會接收我們救回來的白女。」

澤剛道：「女人他是多多益善，可是我們怎忍心把她們送入城破在即的風城去？」

龍鷹道：「這個看她們自己的意願吧！先讓她們清楚現在的形勢，由她們自己決定。如果她們肯隨你們回舍利州，你們會好好照顧她們嗎？」

澤剛容色稍緩，道：「女人是珍貴的財產，特別是年輕的女子，如她們肯從我們，我們一定善待她們。」

萬仞雨道：「你有向佟慕白提及我們嗎？」

澤剛餘氣未消的道：「沒有。根本沒有機會，我三次求見，希望能面對面痛陳利害，都被拒絕。」

風過庭問道：「現在你有甚麼打算？」

澤剛道：「只好先回舍利州再說，風城再難有作爲，我們何不一起回舍利州？」

龍鷹道：「我們須留此看情況。如何可混進城內去？」

澤剛道：「只要你們亮出漢人的名號，進城不會有問題，佟慕白對漢人來者不拒，其他入城做買賣的白族人，則必須持有他所發的通行證才行。」

又失望的道：「龍神巫和兩位大哥，會再次和我們並肩作戰嗎？」

龍鷹道：「這個當然，只要未幹掉宗密智，我們就不會離開洱海，你們準備何時起程？」

澤剛道：「我們已做好一切準備，並派人去探路。敵人可在任何一刻出現，風城已成最凶險的地域，不宜久留，所以我們明早動身。但糧貨太多了，我們只能帶走部分。」

萬仞雨環視四周的河野山林，道：「我們可在附近找一個密林，將拿不走的東西埋在密林內的泥土下，不用埋很深，以備將來之用。」

澤剛喜道：「好辦法，不過只有裝在箱子內的東西，方可埋入泥土裡。就將滇幫贈送的三百多個箱子，以此方法處理，說不定有一天，我們可用之來攻打被敵人佔領了的風城。」

又道：「至於糧貨，可分出一半來派給在城外的難民，三位意下如何？」

萬仞雨大喜道：「你是個好心腸的人，只憑這點，我們已願爲你們賣命。」

龍鷹道：「還有兩個時辰便入黑，時間無多，我們立即行動。」

翌日清晨，施浪戰士拔營起行，龍鷹三人陪他們走一段路程，且有逾四千的難民，求准隨他們回舍利州去。

施浪詔和洱西白族一向關係良好，生意往來緊密，到舍利州避難，當然勝過在風城外捱冷風。

七百多個年輕女子，除小部分在風城外的營帳找到親友者，都自願到舍利州去，雖然戰雲仍籠罩整個洱海區，但在驍勇善戰的施浪人保護下，暫時仍可得到最珍貴的安全。

施浪詔的戰士仍處於大勝後的氣氛裡，又知三人會在未來的戰爭站在他們一方，情緒高漲、士氣昂揚。

蜿蜒五里，由戰士、騾車和洱海難民組成的隊伍，轉西進入洱西平原，朝舍利州進發。到越過洱西集的災場，龍鷹三人才和澤剛等話別，領著小宛到平原西緣貼近蒼山的眉月埋香之處去。

「水光萬頃開天鏡，山色四時環翠屏。」

蒼山橫列如屏，蔥蘢疊翠，在洱海之西連綿百里，十九座山峰嵯峨壁立，每兩峰間都有一條溪水下瀉東流。

洱海北有彌苴河和彌茨河注入，東南匯波羅江，西納蒼山十八溪水，水源豐富，再從西洱河流出，與漾江匯合，注入從高原奔瀉而來、險奇壯闊的瀾滄江。

洱海蒼山，界劃出洱海區最豐饒的沃原平野，自古以來便是泛稱爲白族的洱海人聚居的福地，今天他們在此生活的權利，終受到史無先例的威脅。

蒼山群峰終年積雪，銀裝素裹，景色壯麗，浮雲如帶，積聚半山，千變萬化，氣象萬千，忽起忽落，山區內冰磧湖泊密佈，其中的鷹窩，位於高峰之頂，更是風過庭愛鷹出生之地，聞之已令人神往。

四人三騎，在這片爭霸者必爭之地縱情奔馳，好洩去因這片美麗的沃土而來的不平之氣。

小宛非是不懂騎馬，而是因身處險地，故風過庭感到需要貼身保護她。

神鷹曉得回到家鄉，在高空盤旋飛舞，不時發出鳴叫。

大群野馬出現半里外處，似要與雪兒等比拚速度，往同一方向奔馳，雪兒三馬興奮起來，不住仰首嘶叫。

鷹和馬兒們高漲的情緒，格外比對出他們難以開解的沉重心情。

三騎沿著河道奔馳，風過庭首先放緩騎速，深情的目光投注河水，沉聲道：「蒼山峰谷分明，十九峰夾十八溪，溪溪清涼澄碧，而眾溪之中，則以這條清碧溪最是纖塵不染，出山前的一段最美，清流從數丈高的懸岩直瀉而下，注入三個相連的沉潭，水石相因，水光愈浮，石色愈麗。」

萬仞雨來到他們旁，問道：「眉月的陵墓在哪裡？前方的河谷一目了然，卻見不到墓穴的標記。」

小宛答道：「巫主的墓穴是個大秘密，爲她立墓者都要立下永不宣洩的誓言，所以只限少許人知道。墓穴就在清碧溪出山前那處河谷的河床下，依巫主遺書，以銅棺裝著她的遺體，立葬於水下的河土裡，並不作任何標誌，只在岸旁刻石爲記。」

龍鷹道：「小宛就是躲到這裡來。」

小宛別頭瞧著緊隨馬後的龍鷹，點頭道：「正是如此，小宛從沒想過敵人連這麼遠的地方都不放過，他們一字排開的從東面搜索過來，小宛無從躲避，當時後悔得要命，後悔沒避遠點到蒼山內去，現在卻慶幸給抓起來。」

風過庭問道：「他們有多少人？」

小宛道：「我當時心慌意亂，沒看清楚，但至少該有五百至六百人。」

萬仞雨道：「他們有侵犯你嗎？」

小宛赧然道：「巫主庇佑，他們只是將我抓起來。」

萬仞雨道：「這麼看，敵人軍規甚嚴，確有霸主的氣魄。」

龍鷹看著前方愈接近、愈感其氣勢磅礡的蒼山，山上植被茂密，引人入勝。道：「不但因軍規森嚴，且因此批人負有宗密智的特別任務，就是找尋眉月埋骨處，起出她的遺骸，以讓宗密智憑此作法，破去眉月『期諸來世』的咒誓。」

風過庭一震道：「這怎辦好？」

龍鷹道：「只看眉月的河底墓穴仍然安好無恙，便知宗密智仍沒法破解眉月的法力，未能偵知眉月葬身的精確位置，只知大約在蒼山腳下。」

萬仞雨道：「宗密智怎可能曉得呢？」

龍鷹道：「如果我們承認有輪迴這回事，便不得不承認幽魂的存在，生和死間好該有一道界線。所有有通靈能力的神巫和法師，均可透過自亙古以來發展出的種種秘術，與鬼神溝通，甚至利用鬼神的力量，去曉得在正常情況下無從得悉的事，故而擁有我們沒法理解、不可思議的神力。眉月過世前肯定在這方面下過一番工夫，故宗密智雖有通神之能，仍沒法透過鬼神，破解眉月生前許下的咒誓。」

萬仞雨苦笑道：「愈說愈玄了。」

龍鷹道：「知己知彼，百戰不怠。我們必須掌握宗密智，方能收拾他。」

小宛叫道：「到哩！」

風過庭勒馬停定。

神鷹在上空處發出嘹亮的鳴叫，急旋一匝後，竟望蒼山飛去，轉眼沒入蒼山延綿十多里玉白色的煙雲裡去。

四人收回目光，踏鐙下馬。

小宛欣喜的道：「此此兒回家去哩！」

「此此兒」是眉月當年爲神鷹起的名字，風過庭怕因名字而傷情，一直棄而不用。

三人仍未有機會答她，輪到雪兒三馬跳蹄嘶喊。

龍鷹解下雪兒馬鞍，搖頭苦笑道：「我們的馬兒給寵縱壞了。」

萬仞雨學他爲愛馬解鞍，欣然道：「牠們勞苦功高，好應過一段寫意的日子。」

風過庭亦釋去坐騎負載，道：「這平原遼闊肥沃，更可能是世上最美麗的野原，處處生趣，我們因戰爭所累，無福消受，就由牠們代我們去享福。想想亦令人充滿幸福快樂的感覺。」

龍鷹與雪兒親熱一番後，大力拍牠馬股，雪兒一聲歡嘶，領著兩個馬兒兄弟，放蹄朝已去遠的野馬群追去。

小宛擔心的道：「不怕牠們打架嗎？」

風過庭道：「牠們是馬兒裡的絕頂高手，別的馬兒只有臣服的分兒。」見龍鷹肩上托著接天轟，道：「還不找個地方藏起它，托著這樣的傢伙，如何入城？」

小宛道：「山內有藏東西的好地方，拜祭巫主後，小宛帶路。」

她常深入山區採藥，自是清楚山內的情況。

風過庭從懷裡掏出玉針，送入小宛手裡，小宛駭然道：「庭哥兒爲何給我？」

風過庭拍拍她香肩，道：「待會我送你入山，順道探望老朋友，小宛留在那裡，過一段日子，待我們解決了風城的事，再回來接你。」

出乎三人意料之外，小宛沒有女兒之態，點頭道：「小宛明白，庭哥兒放心去辦你們的男兒大事。如果庭哥兒有何不測，小宛會以身殉庭哥兒。」

龍鷹道：「此事絕不會發生，小宛不信我們，也該相信巫主。」

小宛垂首道：「宗密智很可怕呵！」

萬仞雨笑道：「他們有鬼尊，我們卻有龍神巫。任宗密智法力如何強大，總是有蛛絲馬跡可循，我們的龍神巫，卻是宗密智永遠不會明白的東西，也是巫主與宗密智的隔世鬥法裡最重要的一環。我們今天立在河旁，是命中注定的事。」

小宛雖從風過庭處曉得眉月或許已輪迴轉世的事，仍是聽得似明非明，但因龍鷹和萬仞雨說的話均透出強大至沒人能搖動的信心，受到感染，容色舒緩下來。

龍鷹向小宛道：「好好照顧些些兒，牠也到了成家立室的時候哩！」

在河岸拜祭過眉月，風過庭送小宛入山。由於鷹族一向排斥外人，故龍鷹和萬仞雨跟入山區後，沒再深進，負責把接天轟和馬鞍藏於秘處。

兩人在一個小湖旁坐下，等待風過庭回來。蒼山的湖泊，果然名不虛傳，整潭水清澈見底，耀眼生輝，池周圍長滿蝴蝶樹，其中一株老樹主幹斜蔭池上，惹來大群不知名的纖小鳥兒，在枝杈間縱躍歌唱，一點不怕他們。

萬仞雨道：「下一步怎麼走？」

龍鷹道：「我們回去守風城。」

萬仞雨失聲道：「佟慕白這麼爛，且有其主必有其兵，怎守得住？」

龍鷹道：「守不住也要守，這叫明知其不可爲而爲之，因再沒有第二個選擇，希望眉月對此早有安排。」

萬仞雨苦笑道：「這是另一種的聽天由命。」

龍鷹道：「我有信心，公子定可尋回眉月，我們則可打敗宗密智，這種信心是盲目的，沒有道理，與眼前情況的發展，更是背道而馳。」

風過庭回來了，隔遠打個一切妥當的手勢，二人亦不打話，齊展腳法，離開山區，朝風城的方向全速掠去。

第十三章　風城混混

經過檢查後，果如澤剛說過的，三人順利入城，亦沒有人因他們是漢人爲異，皆因不時有從石鼓和姚州來的人到風城來做買賣。

此城予三人的第一個印象，除了終年不絕的長風，還有是其令任何敵人均難以仰攻的山險。唯一通往風城的是一條從山石開鑿出來，寬三丈，長約二百丈的大道，在抵達主護城河前，還有寬達三丈的天然小河，石橋雄跨其上，再走近千步，方到被稱爲風渠的主護城河，以吊橋連接。故此，攻城者只有從南面攻打風城一法，而有利必有其弊，敵人只要封鎖南面出路，即可輕易圍困風城。佟慕白不肯收容難民，自有他的道理。

如此規模，絕非一代人所付的血汗可以建立起來，而是自漢代以來由漢人設城後，經白族歷代不住修葺加建而成。如被宗密智佔據，再在城外高處建起護堡，可立於不敗之地，憑此雄關要塞，控制整個洱西平原。

通過甕城，進入主城門，左右兩側是兵衛所，乃風城駐軍的房舍。一條斜道，接通城門，貫穿風城的「五層地」，房舍便往東西兩方橫展開去，形成街巷，一派山城的風光，愈高層景觀愈佳，視野愈闊。

底三層以下層最大，佔了山城一半的面積，最高一層爲佟慕白的王堡所在，稍低的一層全爲倉庫，城內所有房舍，均爲以木頭爲支架的泥石建築，紅頂白牆，劃一整齊，很有特色。

王堡後有飛瀑清泉，從堡後崖壁飛瀉而下，成流成池，不虞缺乏水源。

城內不見商舖，沒有旅館食肆，只有位於底層的東西兩市，規模當然遠及不上神都的市集，只有其十分之一的大小，且全是攤檔，要吃東西，可向城內出售肉包子、乾肉、羊奶的販子買。最有規模是東市的麥粥檔，擺開七、八桌，旁邊是個水池，坐在那裡吃東西，別有風味。

斜道橫街人來人往，熱鬧昇平，一點不覺戰爭的陰霾，正籠罩整個洱海區。城民女多男少，女的多穿白衣，頭紮彩巾，年輕的更是身形健美，輪廓分明，穿木屐，走起路來「啲嗒」作響，婀娜多姿。其中不乏誘人的美女，她們一點不怕男人的注目禮，還含笑回望。異國風情，令人迷醉。

入城後走了二十多步，一個稚嫩的聲音卻以老練的語調在後方嚷道：「三位來自中土的大爺請留步。」

三人停下來，回頭看去。

一個年紀約十五歲的白族少年趕上來，神情帶著掩不住的興奮，在他們身前立定，神氣的道：「我叫小福子，是風城最有辦法的人，想做甚麼買賣，又或投宿過夜，一日三餐，可包在我身上。」又壓低聲音道：「甚至要漂亮的小娘子過夜，小福子也可爲三位大爺辦得妥妥貼貼的。」

還怕他們不曉得他的價值，不容他們答話，續下去道：「風城與你們中土的城市不同，沒有旅館商舖，一切都是家庭式的，要找好東西，須花一番工夫，但有我小福子爲三位大爺辦事，想吃新鮮的洱斑河鮮嗎？今晚可辦得到。」

三人知遇上風城的小混混，此子雙目精靈，言詞便給，雖明知他是騙飲騙食，當他們是三頭待宰的肥羊，但在苦無方法了解此城的情勢下，此子確有利用的價值。

萬仞雨道：「不要阻著別人，到一旁說話。」

四人移到主斜道旁一棵果樹下，小福子低聲問道：「三位大爺用的是大周的通寶嗎？」

風過庭最熟悉當地的情況，道：「這個當然，仍是一兩通寶，兌你們十八個銅錢嗎？」

小福子精神大振，道：「高了一點點，現在可兌十九個銅錢。」

龍鷹笑道：「小福子你給老子老實些兒，我們只喜歡誠實的孩子，保證你可因誠實而大大得益。」

小福子忙裝出恭敬的神態，卑聲道：「大爺的教誨，小福子永不會忘記。我小福子別的不行，眼力卻有一點點，一看便知三位是疏財仗義，武功高強的好漢，小福子定會老老實實的爲三位大爺辦事，只從其中抽取蠅頭小利，以養活年邁的雙親。」

萬仞雨啞然笑道：「若我們要去拜訪小福子年邁的雙親，會見不著人。對嗎？」

小福子面不改色的抱拳道：「三位是老前輩老江湖，小福子再不敢班門弄斧。事實上小福子雙親早亡，剩下我孑然一身，流落市井，不得不賺幾個子兒來餬口。」

龍鷹饞有興致的道：「爲何城內不見有吐蕃人和漢人來做生意買賣，亦見不到其他地方來的人？」

小福子以無所不知的神氣道：「三位大爺明鑑，這是個季節性的問題，若三位大爺選春夏來，這裡大街小巷，全擠滿外來人哩！」

龍鷹沒好氣道：「不要告訴我，你竟不曉得洱西集已被夷爲焦土，城外走得差不多了的難民，也與此無關。」

小福子微一錯愕，接著堆起仰慕的表情，道：「三位爺兒不愧走慣江湖的高手，小福子確實差遠了。此事說來話長，不過可以放心的是，我們風城乃洱海第一堅城，兵精糧足，隨時可守個十年八年。而且三位無牽無掛，若有敵軍壓境，小福子必先一步知會三位，讓三位大爺從容離開，到時只需三位大爺打賞小福子幾個子兒便成。」

龍鷹忍俊不住的向萬仞雨笑道：「萬爺怎麼看？」

萬仞雨含笑打量小福子，道：「這小子人小卻成精，歪理可說成正理，謊話當實話說，又深諳逢迎吹拍之道，可算是個有道行的小混混，只是尚欠一點。」

小福子終現出少許尷尬之色，恭敬的道：「請萬爺指點，看小福子有何處欠周詳？」

風過庭淡淡道：「你欠的是眼力！看不穿我們是甚麼人。」

小福子眼珠亂轉時，龍鷹掏出一錠黃金，送到他眼前，小福子以最快的手法接過，還用牙咬了一口，再藏在掌心看，眼珠子差點掉出來，一臉難以置信的神情，手抖起來。

龍鷹若無其事的道：「十天住宿，包吃洱海的鮮魚，每人一間房，打掃乾淨，明白嗎？」

小福子眉飛色舞的將足兩的金錠納入懷內去，不迭的應道：「一切包在我身上，還晚晚找不同的漂亮娘兒侍寢，兩個、三個都成。」

風過庭笑道：「我們不用娘兒伺候，讓你可賺多點。」

小福子大爲錯愕，疑惑的朝他們瞧去。

龍鷹喝道：「立即給我們去辦，呆在這裡幹啥？」

小福子轉身便去，走不了兩步，又轉身走回來，眼睛有點濕潤的道：「三位前輩為何肯這般信任我小福子？不怕我……嘿！」

三人首次感到他算是有點良心。萬仞雨笑道：「你若要這麼蠢，我們有甚麼法子？不過你須永遠背負著小騙棍之名，我們亦會看不起你。即使做小混混，眼光仍要放遠點，長做長有，廣結善緣，方為在江湖打滾之道。」

小福子抱拳道：「小子受教哩！」拔身而起，往後來個空翻，歡天喜地的一溜煙去了，還傳回一句「小福子定必盡心盡力為三位前輩辦事」。

三人對視微笑，均有從此子身上尋到自己童年影子的感受。

龍鷹帶頭朝東市集方向走去，道：「我們已兩天一夜未吃過東西，先找個地方醫治肚子。」

兩人與他並肩漫步。

萬仞雨道：「早知和那小子兌換點銅錢，好用來付帳。」

風過庭道：「我們的錢可直接在這裡使用，還比本地的貨幣更受歡迎，因為他們的銅錢在我們那裡將變成廢銅，只可拿往銅鐵舖當爛鐵賣。現在洱海戰雲密佈，對想逃往北方的避難者來說，我們的錢是不可缺的東西。」

龍鷹苦笑道：「我只有金子沒有銀兩，難道用金子去找數嗎？」

萬仞雨拍拍腰囊，笑道：「放心！由在下請客，還有幾串碎錢。」

風過庭笑道：「不計金子，我該算最富有了，尚餘七兩錢。」

午膳時間已過，唯一賣熟食的檔子空出三檯桌子，食客寥寥，在陽光和風下，有種午後懶洋洋的感覺。

三人據桌坐下，檔主是個蓄滿鬍子的彪形大漢，見他們是漢人，親自過來招呼，介紹剩下的食品。

他們毫不猶豫接納老闆的推介，萬仞雨道：「要多少錢？我們的通寶成嗎？」

自稱哥朔的大漢喜道：「當然無任歡迎。」

結帳後，兩個姿色不俗的年輕白女夥計，笑容可掬的爲他們斟茶遞水，伺候周到。

龍鷹伸個懶腰，挨往椅背，歎道：「眞是個別有風味的山城，令人感到爲它幹甚麼，都是值得的。」

萬仞雨環目四顧，市集廣闊三十多丈，中間有個大水池，水從北面奔流而下，從水池南的去水道流出城外，注入護城河。市集周邊是密集的低矮房屋。漫不經意的道：「入城後一直有人在遠處注視我們，不知會否是宗密智派來的探子？」

風過庭道：「我們沒有騎馬，又穿上普通行腳商的衣著，兼之對方以爲我們是施浪詔的人，理該認不出是我們。」

麥粥和肉包子來了，三人吃得津津有味，讚不絕口。

龍鷹道：「地道的東西最好吃，還記得在龜茲舞樂院吃的原糧嗎？嘿！點子來了。」

一個又瘦又高、膚色黝黑的漢子，穿攤越檔的朝他們走過來，直抵桌前，見三人像對他視若無睹般繼續吃喝，有點生氣的一屁股在三人對面的空椅子坐下，又打出手勢趕走過來招呼他的伙夥計，架子頗大。

高瘦漢子沉聲道：「萍水相逢是朋友，見面便是有緣人，你們是否出來混的，我坐在你們對面竟不打個招呼？」

萬仞雨不抬頭的道：「還以爲你愛搭我們的桌子，竟然不是嗎？」

高瘦漢子光火道：「這麼多空桌，爲何要搭你們的臭桌子？」

三人沒好氣的往他瞧去，無不看得呆了起來。乍看他只是個平凡人，可是一雙眼睛黑溜溜的，像兩顆寶石，黑白分明，神秘深邃，不但耐看，且有種引人入勝的強烈誘力。光是這雙眼睛，即足可令她與端木菱、聶芳華、萬俟姬純那級數的美女相比，毫不遜色。

龍鷹首先回過神來，笑嘻嘻道：「原來是姑娘，姑娘不是說過我們生得蛇頭鼠目嗎？又這邊說要出來見我們，那邊則溜掉。敢問有何貴幹？有甚麼用得著我們三兄弟的地方？」

萬仞雨和風過庭心忖原來是那晚在洱西集災場遇上的年輕女子，當時龍鷹曾和她交過手，還被她逼出門外，想不到在風城再遇上她，而她還易容改裝的來接近他們。

她的本來面目會是何等模樣呢？配得起這雙動人至極的眼睛嗎？以萬仞雨的定力，也生出想一窺她芳容的欲望。

女子回復嬌甜的聲音苦惱的道：「怎會一眼被你看破的？」

龍鷹唸書般道：「因爲我是中土最偉大的神巫，懂得作法。」

女子目射驚異神色，道：「你曉得我當時在旁偷聽嗎？」

萬仞雨笑道：「若龍神巫沒有這點道行，豈敢到這裡來當龍神巫？」

女子忍俊不住的「噗哧」一笑，橫萬仞雨一眼，差點勾了萬仞雨的魂魄，有點不知該如何應付三人般的道：「都是你們不好，人家想好所有騙你們三個傻瓜上當的奇謀妙計，都派不上用場了。我要你們賠我。」

三人聽得呆了起來，她的刁蠻霸道，比之小魔女狄藕仙，有過之而無不及，而兩人都有股愈橫蠻愈可愛的妖異魔力。

龍鷹見風過庭罕有地目不轉睛的打量一個年輕女子，心中一動，道：「賠償的事，可從長計議，但有一先決條件，姑娘須告訴我們今年貴庚？」

萬仞雨和風過庭露出注意的神色，皆因龍鷹是有靈覺的人，說不定感應到他們不曉得的事。女子苦惱的道：「你這人眞教人心煩，又不是談婚論嫁，哪有問人年齡的道理？快說，究竟你賠還是不賠？」

龍鷹向兩人打個眼色，表示只是姑且一問。只看她武技高強，在這片險地來去自如，猜她年紀不該小到哪裡去。

風過庭忽然道：「姑娘是否想殺一個人？」

女子嬌軀遽震，首次認眞打量風過庭，沉聲道：「你也是神巫嗎？」

龍鷹和萬仞雨大惑難解的盯著口出驚人之語的風過庭。

風過庭正要答她，女子忽然跳起來，拋下一句「遲些找你們」，匆匆離開。

龍鷹低聲道：「她在避開追她的人。」

萬仞雨和風過庭亦看到了，七、八個體型驃悍的人，正從市集的另一邊趕來，朝女子消失的方向追去，其中一個長得一表人才，年紀不過二十五歲的漢子，猶豫了一下，猛下決心的朝他們走過來。

龍鷹打出請他坐下的手勢，欣然道：「朋友請坐，我們不單想曉得閣下是甚麼人，也想弄清楚她是誰。」

青年微一錯愕，在女子曾坐過的椅子坐下來，目光閃閃的打量三人，自有一股沉穩懾人的氣派。

第十四章　蒙舍王族

青年抱拳為禮，以漢人的江湖手法，算是打過招呼，壓低聲音道：「本人蒙舍詔皮羅閣，剛才與三位談話的是舍妹，我的祖父曾到過貴國的長安，受到貴國善待，故一向視漢人為朋友兄弟，有一言相勸，若可以離開，請三位立即遠離此地。」

三人聽他說的漢話，像適才的女子般，字正腔圓，不帶土音，說話直接坦白，層次分明，簡簡單單的幾句話，將自己介紹得清楚明白，分明屬蒙舍詔的王族人物，且掌握著現今洱海區的形勢，遂好言相勸，不由心生好感。

萬仞雨道：「皮兄指的，是否宗密智將在短期內來攻打風城？」

皮羅閣雙目掠過驚異之色，點頭道：「原來三位早知正身在險境，如此便是耐人尋味，舍妹找上三位說話，未知所談何事，可否讓本人曉得？」

龍鷹淡淡道：「看情況令妹該是離族出走，所以皮兄直追到這裡來。現在皮兄見到令妹，不去追趕，卻來找我們談天說地，確是古怪。」

皮羅閣苦笑道：「因為舍妹若蓄意避開我，本人實在拿她沒法。她一向眼高於頂，最不放在眼內的便是男兒漢，少與男性說話，而她明知我們入城來尋她，還肯現身找三位說話，故令本人感到奇怪。如果三位不肯說出來，皮羅閣絕不怪你們。」

三人心中暗讚，此人說話坦白誠懇，反令他們不好意思不說實話，且風度極佳，使人心生好感。

風過庭道：「令妹似是想與我們合作一件事，尚未說出來，皮兄已來到。」

皮羅閣難掩驚異之色，問道：「舍妹之前和三位是舊識嗎？」

這句話問在關鍵處上，顯示皮羅閣熟悉妹子的作風，知她不會隨便搭訕陌生男子。

風過庭坦然道：「我們其中之一，曾在被燒為焦土的洱西集和她交過手，當時她藏身破屋內，我們未能看到她容貌。到剛才她扮成男兒，來與我們說話，被我們窺破身分。」

皮羅閣一呆道：「舍妹自小精靈古怪，最愛扮鬼扮馬，而不論扮成甚麼人，總能維肖維妙，三位如何看破舍妹是經過易容改裝呢？」

此人的精明厲害，到了教人驚異的地步。

龍鷹笑道：「與她交手的是小弟，小弟有一項本領，就是接觸過的人，不管她變作甚麼樣子，可一眼認出來。何況她那雙眼睛是如此特別。」

皮羅閣道：「本人隔遠看過來，已看出三位氣宇不凡，絕非一般高手，且隨口說出宗密智之名，沒有絲毫懼意，可知三位現在身處風城，非是偶然之事。三位可否賜告大名？」

萬仞雨代三人說出名字，然後道：「閣下是否因龍鷹曾與令妹過了幾招，故對我們做出新的評估呢？」

皮羅閣明顯沒聽過他們的名字，循例說了幾句場面話後，吁出一口氣道：「在洱滇區，我還是首次遇上像三位般的出色人物，非常歡喜，更感到如果左瞞右瞞，心中不舒服。萬兄看得很準，舍妹不論智計武功，均在我之上，所以我才有若她不肯現身，任我們找到天腳底仍找不著她的煩惱。我清楚她的性子，必會再來找你們，雖是冒昧，皮羅閣仍誠心請三位幫這個忙，告訴舍妹她的母親擔心得病倒了，請她快回去安慰母親。」

龍鷹道：「真的還是假的？」

皮羅閣眨眨左眼，忍著笑道：「假的！」

四人同時發出哄笑。

皮羅閣歎道：「但形勢真的危急，蒙巂詔和越析詔正在風城南面百里處的六骨平原開始集結，看其軍力調動的情況，最後集結的聯軍將達五萬之眾，在洱滇區是史無先例的強大兵力，其他四詔即使聯合起來，恐亦未能有此數目。且看其聲勢，察其士氣，該是由宗密智親自領軍，所以對風城，敵人是志在必得，佟慕白則全無機會。」

萬仞雨讚道：「你怎能對敵人的情況如此瞭若指掌？」

皮羅閣苦笑道：「因為這是我們在目前的情況裡，唯一可以辦妥的事。攻打風城之戰，已是如箭在弦，勢在必發。」

龍鷹皺眉道：「皮兄有否想過，風城落入宗密智之手後，隨之而來的後果嗎？」

皮羅閣歎道：「怎會沒想過？想得腦袋差點壞掉。宗密智此人，撇開邪力不說，單論軍略武技，均為洱滇第一人。自擊退吐蕃大軍後，聲勢如日中天，無人不懼。他從來謀定後動，凡事必有後著，今次來犯風城，亦是個精心設計的陷阱，目標是仍敢反抗他的施浪詔和我們蒙舍詔。」

風過庭一震道：「我明白了！令妹要和我們合作之事，就是要殺宗密智。」

龍鷹、萬仞雨和皮羅閣同現駭異神色，但前兩者的驚訝，自和皮羅閣有異。

此時皮羅閣的一個手下返回來，先向三人施禮，再湊到皮羅閣耳旁以內功約束聲音，耳語幾句。

皮羅閣現出古怪神色，歉然道：「失陪！有機會定當再拜訪三位。」

說罷與肯定是高手的手下匆匆離去。

龍鷹待兩人去後，向風過庭道：「是她嗎？」

萬仞雨道：「出生地似乎遠了點，且非白族。」

風過庭道：「我根本沒有感覺，只因她有雙會說話的美眸，給我窺到閃過殺機，故想到她是要殺人，從而想到她要刺殺宗密智，以解本族的臨頭大禍。」

龍鷹同意道：「年齡不對，這樣一雙眼睛，絕不可能屬於一個不足十六歲的王族少女。」

萬仞雨思索道：「龍鷹你看到她眼內的殺機嗎？」

龍鷹精神一振，道：「沒看到。這麼看，公子不但比我們更注意她，且看到我們沒察覺的東西。此事極爲奇怪。」

風過庭現出錯愕神色，沉吟道：「的確奇怪，我很少對女性的眼睛這般留神。」

萬仞雨歎道：「眞恨不得立即到蒼山去，取玉針回來試她。」

龍鷹興奮的道：「現在除紀干外，至少多了個可能性。」又頹然道：「不過更大的可能性是捕風捉影，否則我怎都該有點感應。」

小福子回來了，神氣的道：「一切準備妥當，三位大爺請隨我去。」

龍鷹道：「先帶我們去遍遊山城，才往住宿處去。」

小福子一聲領命，帶三人遊城去也。

四人仰望最高兩層的倉庫和王堡，一隊兵馬從斜道疾馳下來，人人面色凝重，行色匆匆，朝最下層的城門奔去。

萬仞雨道：「佟慕白終於驚覺不妙，可會悔不當初呢！」

小福子訝道：「萬爺在說甚麼？」

風過庭道：「你的耳目，似乎還不夠靈通，先到宿處再說。」

小福子領他們走下斜道，到第三層臺地往左轉，進入一道小巷，到與另一巷相接處，遇上另三個人，其中一人挽著一簍鮮魚，還哼著歌，神態輕鬆，一副滿載而歸之態。

小福子打招呼道：「三位大哥好！釣到洱斑了嗎？」

挽著魚簍者看到龍鷹三人，欣然道：「是這三位貴客嗎？不但肯出雙倍住宿費，還肯以雙倍價錢買洱斑，付的全是天朝通寶。」

小福子尷尬的道：「正是龍爺、萬爺和風爺。」

又向龍鷹等介紹道：「三位大哥是我們風城最出色的漁獵高手，能潛進洱海空手捉魚，平時很關照我，所以我有機會亦關照他們。三位大爺明白哩！」

龍鷹等首次發覺小福子本質不差，發了大財仍肯與關係好的人分享。

一行七人，直出窄巷。前方是個水池，池旁滿植槐樹垂柳，景色不錯，再沿從水池流出來的小溪南行，溪岸各有一排房舍，大群小孩在岸旁的空地追逐遊戲。龍鷹等想起無情的戰火會降臨這座美麗的山城，看得心中抽搐作痛。

小福子口中的漁獵高手是三兄弟，長兄叫越大，依次是越二和越三，除越三外，均已成家立業，以捕魚維生，生活不錯，若把魚供應旅人，可以賣好點的價錢，不然便賣給本地人。龍鷹問越大道：「這簍魚離水該不到半個時辰，若是從洱海打上來，你們怎能這麼快回來？」

越大竟啞口無言，不知如何答他。

萬仞雨和風過庭明白過來，知城內必有秘密下山的路徑，可從洱海迅快來回。由於此屬他們的秘密，故不能予外人曉得，一時又找不到可解釋的說詞。

還是小福子機靈，道：「這是大哥們昨天打回來的哩！養在魚池裡，現在去拿來。」

越大三兄弟忙應是。

龍鷹等當然不揭破對方，此時位於臺地最邊緣也是景觀最佳的房舍，屋門大開，迎出兩位白衣麗人，齊躬身唱喏道：「歡迎貴客光臨。」

兩女長身玉立，眉目如畫，年紀在二十二、三歲間，充盈成熟的風情，膚色較一般白女黑，但只要是男人，會在一瞥之間，怦然心動。

龍鷹和風過庭倒沒甚麼，與美麗的女主人共宿一屋，怎都比和魯男子好。萬仞雨卻一手捏著小福子後頸，道：「不是告訴過你，我們不用女人陪夜嗎？」

此時離兩女立處，足有四、五丈遠，萬仞雨又壓低聲音，兼之孩童嬉玩的聲音仍遠遠傳過來，所以只有旁邊的人聽到。

小福子呼冤道：「皇天在上，她們四個是正經女子，且是風城最好的廚子，沒客人時又肯收留我，有好東西時，當然要分她們一杯羹。」

萬仞雨放開手，苦笑道：「另外還有兩個，你這個死小子。」

越三道：「萬爺真的錯怪小福子了。丁娜四姊妹確是正正經經的做生意。」

龍鷹向仍怒氣難平的萬仞雨道：「萬爺息怒，若有甚麼情況，由小弟獨力爲你擋著。」

風過庭沒好氣道：「龍神巫確是義薄雲天。」

終抵屋前，其中一女笑臉如花道：「妾身丁娜，她是我二妹丁慧，還有丁麗和丁玲，正爲三位大爺弄菜造飯。」

接著向丁慧打個眼色，後者忙領越大三人繞過屋子，到後面的灶房去。

丁娜殷勤的招呼三人入屋，小福子怕了萬仞雨，乘機脫身開溜。

萬仞雨的氣其實早消了，隨丁娜入屋，裡面是個小廳子，陳設簡潔，沒有桌椅，只設地蓆軟枕，保留了遊牧民族的生活方式。對著大門是一道長廊，兩邊則是房間，長廊另一端該是灶房、澡房等設施，麻雀雖小，卻是五臟俱全。

山城地方珍貴，以居住爲主，故不可能設置有規模的旅館，只能像眼前般山寨式的居停。事實上山城除水源外，所有供應均賴城外的生產，特別是洱西平原，唇亡齒寒，風城確實到了日暮途窮的困境。

三人看過各自的小房間後，大感滿意，回到外廳席地坐下，挨著軟枕，風從窗外吹進來，太陽在城外逐漸西沉，兼之從蒼山沒歇過腳的趕來，他們都生出不願起身的感覺。

丁娜跪坐三人身前，奉上熱茶。

龍鷹等接過後呷了幾口，水清茶香，均讚不絕口。

丁娜歡喜的道：「小福子沒說錯，風爺、萬爺和龍爺，全是大好人呢！」

風過庭微笑道：「日久見人心，有些人開始時掩飾得很好，但當你不防備時，會露出本來面目。」

丁娜道：「我們見慣哩！對我們不懷好意的人，怎都有蛛絲馬跡可循，例如扮作不經意的去看我們的胸腰腿。可是三位卻不是這種人，即使看仍是眼正神清，不會色迷迷的。」

龍鷹苦笑道：「眼正神清指的當是小弟，因爲只我一個人在看。」

萬仞雨和風過庭啞然失笑。

丁娜送龍鷹一個媚眼，道：「龍爺肯看人家，是丁娜的榮幸。」

三人並不覺她放蕩，不論塞外或南陲的女子，都不怕說出心底裡的話，坦白熱情。

萬仞雨不解道：「你們的父母家人呢？爲何會四姊妹經營一所家庭旅館？」

丁娜神色一黯，道：「我們本是裸形族，居於風城南面的深山河谷，住在干欄屋裡，以打獵維生，多女少男，故每以五妻、十妻共養一個丈夫，女的都是戰士，男的只爲生育。」

龍鷹道：「爲何喚你們爲裸形呢？是否不穿衣服？」

丁娜見他目光淨朝她胸脯瞧，不但不害羞，還挺起胸脯，嬌媚的道：「不是不穿衣服，而是沒穿你們的衣服，以樹皮包裹部分羞人的地方嘛。」

她說得香豔生動，連萬仞雨也感到她誘惑力大增。

風過庭差點想踢正色迷迷的龍鷹一腳，岔開道：「那種與天地渾爲一體的生活不是很好嗎？爲何到山城來？」

丁娜道：「是七年前的事了。忽然有一天，蒙嶲詔的人大舉來犯，我們抵敵不住，四散逃亡，我們的丈夫首先被殺，只好從山崖躍河逃亡，離開山區後拚命往北走，最後逃來風城。」

龍鷹訝道：「那你們並非親生姊妹，只是共事一夫的姊妹。」

丁娜道：「正是如此，我們滿十二歲便要嫁人，從此永遠離開父母，就是住在對山也不會再見面。唉！到風城時，我們甚麼都沒有了，沒有孩子，沒有武器，又不懂說他們的話，幸好遇上個好心的獵人，懂說我們的話，當我們肯一起嫁給他，便被他帶到風城來居住，這裡便是他的房子。他是風城出色的獵人，很有名氣，起初的幾年，我們還隨他一起去行獵，到他一次出獵後，再沒有回來，我們才開始經營旅館。」

龍鷹好奇問道：「你們現在沒有孩子嗎？」

丁娜不好意思的道：「經過失去孩子的悲痛後，我們害怕同樣的事情會再次發生在我們身上，均以古方避生孩子。」

見龍鷹欲言又止，訝道：「龍爺有甚麼話想說呢？」

龍鷹頹然道：「你害怕的事，會在短期內發生。」

丁娜道：「我們早從小福子處收到風聲哩！但我們並不害怕，裸形族的女戰士都是不怕死的，何況我們有逃生之法！」

三人正要詢問，丁慧進來道：「晚膳準備妥當，請三位貴客移駕。」

龍鷹等清楚四女身世後，對她們在短短七年內，將白族語掌握得這麼好，說話如此得體，心中佩服，欣然起立，隨她們穿出長廊，抵達可飽覽下兩層城景和城以外風光的屋外臺地處。

一桌美食和三張椅子，正虛位恭候他們。

第十五章　鬼尊惡咒

邊吃燒洱斑，三人憑桌遠眺，觀看城外形勢，與洱西不同者，是這裡山多平地少，地勢起伏不平，右邊里許處的山上有茂密的森林，山坡處開墾梯田，種植玉蜀黍和苦蕎，從山腳纍疊到山頂，彷彿一級級引上天的階梯，山頂密林處隱見村寨人家。

大地河川密佈，大部分隱沒在參天林木裡，天色轉黑下，丘陵間能避風之處只有零星的燈火，顯示逃難至此的洱西難民，已因不得其門而入，又或收到戰爭的風聲，走了十之八九。

近城處，最觸目的仍是那道接通山城和外邊的大石橋。

小福子不知從何處鑽出來，毫不客氣的搬來第四張椅子，見有美食剩下，伏桌大吃大喝起來。

三人當然不會和他計較。

小福子見三人注意石橋，道：「這道橋樑是風城的地標，所以又有人叫風城作石橋城。

唔！這名字好像是你們漢人起的。」

見三人不做聲，壓低聲音道：「你們何時回中土去，可以帶我一起走嗎？我最懂伺候大爺，有我做你們的跑腿，可省去你們很多工夫。」

萬仞雨啞然笑道：「終於露出狐狸尾巴，你不是說過風城穩如蒼山嗎？」

小福子道：「人望高處，水向低流，得三位大爺照顧，小福子當然想到中原闖，將來衣錦還鄉，不知多麼風光。」

萬仞雨正要教訓他，龍鷹叫道：「我的娘！那是甚麼？」

三人循他目光瞧去，東邊天際全被烏雲遮蓋，大片烏雲橫空滾滾而來，下一刻狂風颳至，城內城外的樹木瘋了的左搖右晃，斷枝碎葉被扯上半天，聲勢駭人。

龍鷹跳將起來，嚷道：「是大風雨，快收拾東西。」

見小福子變得臉無人色，雙唇顫抖，呆看著正迅速接近，遮掩了大半邊天的黑雲，喝道：「未見過風雨嗎？」

三人再不理會他，整張桌子搬起來，移師屋裡去。

四女搶出來，幫他們收拾。

雨點開始灑下來。

丁娜嬌呼道：「小福子你傻了嗎？快到屋內來。」

三人交換個眼色，均曉得不尋常的事，發生在這平時生鬼有趣，見錢眼開的小混混身上。罵得小福子最多的是萬仞雨，但最關心小福子的也是他，搶出已變得風雨交加、天昏地暗的屋外，將他強拉回來。

龍鷹道：「這小子受了驚嚇。」一掌拍在挨牆呆坐的小福子額頭上。

小福子在油燈的光映裡，眼神逐漸凝聚，接著如夢初醒的掃視圍攏著他的眾人，到目光落在窗外橫風橫雨的世界，劇震道：「完了！完了！」

丁娜焦急的道：「甚麼完了？」

小福子萬念俱灰似的呻吟道：「我們的風城完了。」

萬仞雨沒好氣道：「沒事是你說的，完蛋又是你說的。快說清楚，不要嚇壞四位姑娘。」

龍鷹道：「你收到甚麼風聲呢？與這場風雨有何關係？」

小福子勉強振作，道：「剛才我從城衛所打聽到一個消息，當時還嗤之以鼻，現在才知是真的，風城被詛咒了。」

萬仞雨看到四女眼中射出的崇慕神色，暗吃一驚，轉身向這十天屬於他的臥室舉步，道：「請恕我失陪，今晚只想好好睡一覺。」

目送他開門關門，消失在視線內，年紀最小的丁玲「噗哧」嬌笑，道：「萬爺是否家有惡妻？所以即使到了千里之外，仍規行矩步，目不斜視。」

風過庭伸手拍拍小福子的臉蛋，道：「禁不起風浪的，怎算是英雄好漢？要視生死如無物，方能戰勝生死。我也要獨自一人好好睡一覺。」

言罷逃命似的返回房間。

四雙妙目，同時落在龍鷹身上，氣氛頓時變得異樣起來。

屋外的暴雨逐漸平息，化爲霏霏絲雨。

丁慧向小福子道：「快去洗澡和換上乾衣服，濕漉漉的很易生病。我們已燒好熱水，本來是供三位大爺用的，可是萬爺和風爺都不愛洗澡呵！」

小福子失去了人生所有樂趣般，垂頭喪氣的朝澡房去了。

龍鷹舒服的挨坐靠牆的軟枕去，伸長雙腿，向圍攏著他的四女道：「你們說的不離開，指的只是不離開洱海，而不是不離開風城。對嗎？」

丁娜坐到他左旁，挨貼他道：「我們裸形族的女戰士，全是能翻山越嶺，百發百中的射手，男人反不行，只是像風城兵衛的貨色。」

丁麗接下去道：「我們有仇必報，一直在等待復仇的機會，可以殺多少人便多少人，直至最後的一口氣。」

龍鷹道：「這只是『匹婦之勇』，沒有甚麼價值，我要的是最後的勝利，必須斬下宗密智的首級，證明他是可以被殺死的人，你們才算真的報卻滅族之恨。」

丁玲在他另一邊坐下，苦惱的道：「但怎辦得到呢？」

龍鷹道：「我們和他現在是高手過招，互相找尋對方的空隙破綻，勝敗只是一線之差，就看誰先找到擊殺對方的機會。」

丁慧抓著他一雙小腿，搖晃道：「可是我們和他的實力相差太遠呵！這是大規模的攻城戰，並非兩人間的生死對決。」

龍鷹微笑道：「有些事，我是很難向你們解釋的，說出來你們亦不相信。」

丁娜向丁慧打個眼色。

丁慧長身而起，朝內進走去。

丁娜問道：「你們的武器呢？」

龍鷹答道：「藏於城外，否則怎過得了城關？你著丁慧去幹甚麼？」

另一邊的丁玲湊在他耳邊道：「二姊會截著小福子，教他到柴糧房睡覺，不要到廳子來騷擾我們。」

龍鷹頗有再次陷身「麗綺八美」的脂粉陣的感受，不同處是四女並非受人指使，而是自發的。

丁麗天眞的問道：「龍爺懂射箭嗎？」

丁玲道：「我們最看不起不懂箭術的男人。」

龍鷹苦笑道：「如此只要我說句不懂射箭，是不是可立即一個人回房睡覺？」

回來的丁慧嬌笑道：「那可不成哩！你不懂射箭我們也當你懂得呵！」

龍鷹道：「你們不是不陪客人度夜嗎？」

丁娜嬌媚的道：「怎同呢？只有你懂射箭呵！摸你的手便知道，比我摸過的所有男人更強壯有力。」

丁慧立在他前方，沒有坐下來的意思，還伸手去寬衣解帶。

龍鷹道：「且慢！有人來呢。」

丁慧停下來，等待片晌，尙未見有人來，嬌嗔道：「龍爺使詐，不想看我們四姊妹的身體嗎？」

龍鷹道：「多點耐性，來人是今天剛相識的朋友，離此尚有三十多丈。」

丁麗嚷道：「這麼遠，怎聽得到？」

龍鷹道：「他加速了，該是要避過一隊巡兵。」

話猶未已，門環叩響。

四女你眼看我眼，一臉難以相信的神色。

正站著的丁慧重新綁好腰帶，勒緊小蠻腰，前往應門。

門開，不待對方說出來意，丁慧道：「閣下是龍爺新結識的朋友嗎？」

對方顯然被她這奇兵突出的一句話，弄得大爲錯愕，一時間說不出話來。

龍鷹揚聲道：「皮兄請進來。」

皮羅閣一臉驚異之色的走進來，龍鷹站起來歡迎，四女則去準備招呼的茶水。

龍鷹笑道：「那兩個傢伙去睡覺了，待我喚醒他們。」

皮羅閣道：「萬萬不可，怎敢打擾他們的好夢呢？唉！龍兄怎曉得是我？也可能是其他人路經此處。」

龍鷹道：「只要給我聽過你的足音，我便可以記牢，特別是當記憶猶新。坐！」

皮羅閣接過丁娜送上的熱茶，坐到廳子另一邊，挨著軟枕，看著龍鷹在對面坐下，看得全神貫注，像不肯放過他任何細微的動作。

四女重新入廳，分坐龍鷹左右，擺出女主人的姿態，或許已視龍鷹爲她們的共夫，至少在這個大戰將臨的晚夜，又或女主外是她們裸形族的傳統。

龍鷹見皮羅閣皺起眉頭，忙約略解釋了她們的身世，最後道：「她們是可以信賴的，若有不便說出來的，可以不說。」

如果此時硬要她們離廳，會深深傷害她們。

四女饒有興趣地打量這位氣宇軒昂，不論舉手投足，均氣勢懾人的蒙舍詔王族人物。

丁娜欲言又止。

龍鷹訝道：「大姊有甚麼話想說出來？」

丁娜向皮羅閣道：「敢問皮先生，蒙舍詔王盛邏皮，是否令尊？」

皮羅閣知丁娜從自己的姓氏看出端倪，又見自己是蒙舍族的人，故一語道破，點頭道：「盛邏皮正是本人王父。」

四女同時「呵」一聲叫起來，不但對皮羅閣刮目相看，也聯想到龍鷹非只是口氣大，而是擁有直至此刻她們仍不明白的實力。否則怎有得皮羅閣來拜訪的資格？

龍鷹早猜到他是蒙舍詔舉足輕重的人物，仍沒想過他是蒙舍詔的王子，如此，那個刁蠻女便是公主了。想起她，關心的問道：「找到令妹了嗎？」

皮羅閣在四女的逼視下，仍是從容不迫，神態自若，道：「她終肯不避開我了，不過說來好笑，我本是說服她回去，最後卻給她的一句話打動，留下來一起陪她發瘋，真不知王父會如何修理我們。」

龍鷹好奇問道：「究竟是怎樣的一句話？」

皮羅閣賣個關子道：「在說出來前，請讓本人報上現今的情況。昨天清晨，宗密智的先鋒軍開始推進，直指風城，估計可在後天黃昏抵達城外的林野。而宗密智的戰書，於昨天午後送至城門，交給門衛，信內明言予佟慕白三天時間撤離風城，若有人敢留在城內，會殺個雞犬不留。」

四女緊咬下唇，眼睛射出仇恨。

龍鷹好整以暇的道：「佟慕白有何反應？」

像對城內的事無所不知似的，皮羅閣聳聳肩，不屑的道：「他可以有甚麼反應？當然是給嚇得魂不附體，未戰先亂。」

龍鷹道：「其他各詔，又如何看待呢？」

皮羅閣道：「浪穹詔和邆賧詔一向畏宗密智如虎，非到民族的生死關頭，絕不出兵反抗，只望戰火不會燒到他們那處去。浪穹詔位處最西，更存僥倖之心，希望宗密智會因與其他各族的戰爭，實力被削減，無力遠征他們。澄睒詔則是立場曖昧，搖擺不定，令施浪人感到很大的壓力。」

龍鷹道：「不論如何，佟慕白這沒膽子的蠢才，已開罪了施浪詔，縱使派人去請救兵，只會給饗以閉門羹。但皮兄又有何看法？」

皮羅閣坦然道：「我的看法，關鍵繫於三位身上。三位在天朝必是大大有名的人，龍兄肯賜告一二嗎？」

龍鷹明白過來，心中暗讚，皮羅閣現在是要先秤他們的斤兩，方決定下一步的行動。在這樣的情況下，如自己眞的有誠意，是不得不說出來。

更深一層去想，皮羅閣最不明白的，是他們三人爲何到南詔來，又因何要與宗密智作對。最頭痛的是，眞正的原因他們實沒法說出口來，說出來亦只有老天爺相信，因爲唯有老天爺才明白他們在幹甚麼。

四女精神一振，留心聆聽。

第十六章　棄城逃亡

龍鷹在皮羅閣和四女期待下，再沒有第二個選擇，道：「王子厲害。但我不好自我推介，只好拿兩個兄弟來說，萬爺在中土有第一刀手的稱譽，刀法大成後，從未遇過敵手，且能征慣戰，於千軍萬馬中，取敵將首級似探囊取物。如果宗密智肯和他單打獨鬥，我會押下全部家當買他贏。」稍頓後揚聲道：「老子有誇大嗎？」

皮羅閣和四女正聽得肅然起敬，但對他最後一句，卻摸不著頭腦。

萬仞雨平和的聲音，便像當年丹清子的透牆穿壁般，送進每一個人的耳鼓去，道：「死小子，我剛夢返神都，正要踏足芳華的香閨去，卻被你吵吵嚷嚷，弄醒過來。」

又道：「王子你好！」

皮羅閣忙回禮問好，萬仞雨露的這一手乃神來之筆，皮羅閣對他中土第一刀的榮譽，立即照單全收，四女更不用說。

龍鷹好整以暇道：「我既已出賣萬爺，何妨多出賣一個？這叫一件糟兩件也是糟。哈！

風公子可不同我們這些沒有官職的人，乃當今中土大周朝聖神皇帝的御前首席劍手，中土軍方的第一人。最新鮮熱辣的，是斬殺了越析詔著名大將張雄。」

四女同告動容，雖仍未清楚來龍去脈，已對風過庭刮目相看。反是皮羅閣只略一頷首，沒有太大的震動。

龍鷹微笑道：「王子早曉得了。」

皮羅閣道：「大約清楚，只不知是你們中哪一個下手。舍妹一直追躡著你們和施浪詔人。你們後來奪貨救人，她亦在暗裡目睹整個過程。以她的心高氣傲，仍對你們有智比天高，神勇蓋世的讚譽。特別對龍兄的箭技，贊許爲是天下無雙。」

四女呆了一呆，望往龍鷹。

一邊的丁娜狠狠以粉拳捶他手臂兩下，另一邊的丁玲更不客氣，就那麼一口咬在龍鷹的肩頭。

皮羅閣像想起甚麼似的，道：「風公子既是御前劍手，龍兄又和女帝有何關係呢？」

龍鷹雪雪呼痛的道：「我只是客卿的身分，不過卻曾代駕出征，收復了中土東北面被入侵的契丹大軍佔領的土地。」

皮羅閣拍腿叫起來道：「我眞是蠢、朦、鈍，早該猜到是你。有個族人，從吐蕃人處聽得一個消息，就是中土出了個非常可怕的戰士，是塞外諸國無人不懼的厲害人物，不論單打獨鬥，又或對陣沙場，均每戰必勝。還特別提及你愛使奇兵異器，最令人害怕的是你神乎其技的箭術，能於三千步內射殺任何敵手，對方至死仍未弄清楚發生何事。我那族人記不牢你的漢人名字，我又因傳言似過於誇大，能將箭射往千步遠已非常了不得，更何況是三千步仍可百發百中，所以不大放在心上。唉！那個人就是你嗎？真的是三千步？」

龍鷹心中大喜，他們需要皮羅閣，就像皮羅閣需要他們，隨手從外袍內掏出摺疊弓，拋給皮羅閣，道：「我的最遠射程，曾達三千步，靠的是這鬼東西。」

四女目光全被吸引，隨著摺疊弓落到皮羅閣手上，移往他處去。

皮羅閣把玩研究，一按掣鈕，「錚」的一聲，摺疊弓張開，在燈光裡金光閃閃，四女的驚呼訝叫，此起彼落。

皮羅閣愛不釋手的以手指抹拭弓弦，讚歎道：「天下竟有此能摺起來的神弓，弓弦更是以數百細如蛛絲的鋼線織成，根本是沒可能的，確實是巧奪天工。」

丁娜催道：「拉拉看！」

她們是出色的箭手，對摺疊弓特別有感覺和興趣。

皮羅閣不敢怠慢，跳將起來，坐馬沉腰，一手執弓，另一手拉弦，緩緩將弓拉開，尚未至滿月，即現出吃力神色，但仍堅持下去，到拉盡的剎那，鬆手，弓弦彈返原位，霍霍作響，顫震了好一會。

皮羅閣駭然道：「這肯定是千石強弓，拉開已不易，更不要說有準頭，又或連續發射。」

丁娜跳起來，興奮的道：「讓我試試看。」

皮羅閣將摺疊弓遞給她，乘機坐到龍鷹之旁，低聲道：「明早我去見佟慕白，可以向他透露你們嗎？」

丁娜嬌呼一聲，原來她拉至一半後力不繼，其他三女搶著來試，豈知比丁娜更不行，一時吵鬧震廳。

龍鷹道：「小福子出來吧！不用躲在那裡偷看。」

小福子興奮的從廊道走出來，加入試摺疊弓之爭。

龍鷹向皮羅閣道：「令妹究竟向你說過甚麼話？」

皮羅閣正要答他，丁玲代表眾人把摺疊弓送到他眼前，道：「龍爺讓我們開眼界呵！」

龍鷹隨手接過，仍看著皮羅閣等他回答，還是坐得那麼舒服，就那麼將摺疊弓連續拉開十多次，次次弓如滿月。不要說四女和小福子，就連皮羅閣亦說不出話來，人人目瞪口呆，廳子裡靜至落針可聞，只餘四女和小福子急促沉重的喘息。

「錚！」

龍鷹收回摺疊弓，納入外袍的暗袋裡，向四女露出雪白整齊的牙齒，贈她們一個燦爛的笑容，道：「四位美人兒請回房休息，小福子也要滾回柴房去，我有些重要事，要在此和王子商量。」

五人曉得龍鷹給足他們面子，聽話的各自回房，四女當然少不了秋波頻送，只要是正常的男人，自然明白她們的心意。

到廳子剩下兩人後，皮羅閣壓低聲音道：「舍妹說的是，守不住風城，守不住一切。」

龍鷹叫絕道：「說得好，兩句話，道盡了我們三人的看法。」

皮羅閣道：「她還著我來弄清楚三位的眞正身分和出手對付宗密智的原因。」

龍鷹心呼完蛋，如果她是眉月的輪迴轉世，怎可能對他們沒半點感覺？

他仍不死心，問道：「勿要怪小弟唐突，令妹今年貴庚？」

皮羅閣皺眉思索，道：「怕該有十八、九歲吧！」

龍鷹終於死心，對她不存任何幻想。

兩人再商討了該如何說服洱海王佟慕白後，皮羅閣告辭離開。

龍鷹進入廊道，丁娜挾著一陣香風，情如火熱的投進他懷裡，四肢緊纏著他，用盡氣力、燃燒生命似的向他獻上香唇。那種銷魂蝕骨的誘惑力，非人力可抗拒，令龍鷹直接感受到仍在裸形族美女血液中流動的原始野性。

不過龍鷹卻克制著正騰升的慾火，不敢向她豐滿動人的肉體尋幽探勝，還離開她的香唇，道：「風公子是否到屋後去了？」

丁娜聞言清醒少許，嬌喘點頭。

龍鷹溫柔地摩娑她結實的香背，沉聲道：「我有很重要的事和風公子說，且快天亮哩！我又不是明天便走。」

丁娜不依道：「但丁娜很想呵！」

她的神態令龍鷹聯想到美修娜芙，後者情動時，也是這般一副不顧一切的情態。心中一軟，拍拍丁娜道：「我和公子說過話後，再來找你。」

丁娜依依不捨的放開他，又湊到他耳邊道：「我們的臥房，是左邊最後的一道門。」

龍鷹訝道：「你們的房間？」

丁娜嬌媚的輕吻他嘴唇，點頭道：「我們四姊妹共居一室，習慣了嘛！有起事來可一起走呵！」

龍鷹可以想像裸形女共事一夫的風流陣仗，幸好亦想到她們悲慘的過去，支持了快要崩堤的自制力。回吻她一口，一手抄著她的腰肢，先送她回房，然後步出天井，左邊是澡房和灶室，右邊是柴房，隱隱傳來小福子熟睡的呼吸聲。

來到剛才用晚膳處，風過庭負手立在平臺邊緣，正俯瞰山城迷人的夜景。暴風雨後的夜空，格外迷人，廣袤深邃，密集的繁星，將黑夜燃亮了。

龍鷹來到他身旁，目光先投往城外的山野，再移回腳下房舍層層排列的美麗城池。

忽然間，他有種與風城血肉相連的密切感覺，宛如對著的是龜茲城。

風過庭道：「我從未見過在夜晚仍這麼光亮的城市。」

龍鷹點頭同意，風城除沿城牆設置特別亮麗的照明風燈外，幾乎家家戶戶門外也都燃掛風燈，在長年不絕的風吹拂下，輕輕搖晃，光影顫震，形成只風城獨有的城夜。

風過庭道：「他們是缺乏安全感，希望能以燈火驅趕黑暗和在晚夜出沒的惡鬼。」

龍鷹道：「我倒沒有想過，公子是早知如此還是忽然有此感覺？」

風過庭沒有直接答他，吁出一口氣，道：「龍鷹！我很痛苦。」

龍鷹不解道：「沒有了蒙舍詔的刁蠻公主，還有白族的第一美女紀干，公子沒理由這麼失落的。」

風過庭淒然道：「但願我能明白自己，自眉月去後，我一直心如死灰，縱然和其他女子歡好，仍是在麻醉自己，以減輕心中的痛楚，當然從來沒有成功過。見到小宛後，我忽然回復了某種早忘掉了的感覺，就像得回失去很久的東西，得回眉月的部分，與小宛親熱時更是前所未有的享受著。」

風過庭一向慣於隱藏心事，這還是他破天荒第一次對龍鷹傾吐衷情，即時的感受。

風過庭續道：「事實上我並沒有和你們說實話，又或因不敢肯定，所以沒說出來，我真的被她那雙迷人的大眼睛深深吸引，但自己仍不肯承認，或許因她不像個未足十六歲的少女，不可能是眉月，但我眞的很有感覺，那種感覺是如此地深刻，即使以前看著眉月，仍沒有這麼直鑽進骨子裡去的深刻感受。」

龍鷹訝道：「她對你的吸引力竟厲害至此，表面上卻看不出來。」

風過庭苦笑道：「連我自己都不曉得，直到你剛才直接問皮羅閣她的芳齡，得知事實後一種突如其來的失落感完全主宰了我，彷彿失去某一最珍貴的東西，胸口像給千斤大石壓著，呼吸困難，所以到這裡來透透氣。唉！那種痛苦沒法形容，像給人圍毆，又感到自己對不起眉月。」

龍鷹陪他苦笑，道：「公子遇上的難題，是沒有人遇上過的事。對我卻完全算不上一回事，來個兼收並蓄如何？難題不是可迎刃而解嗎？」

風過庭道：「這是我和你最大的分別，自眉月去後，我從未對其他女性動真情，即使像花秀美般的美女。我總感到男女之情若如彩虹劍，爐火純青，不容任何雜質。如果我移情別戀，只會專情於新的對象。你明白嗎？」

又道：「小宛是不同的，她之於眉月等若青枝之於小魔女，是陪嫁的可人兒，不會有用情不專的感覺。」

龍鷹抓頭道：「公子打算怎麼辦呢？」

風過庭歎道：「我肯說出來，正因我解決不了。」

龍鷹心中一顫，沒想到刁蠻公主對風過庭的吸引力竟然這麼大，而他能看到的只是她一雙美眸。

車輪聲和蹄踏聲從後方隱隱傳下來。

兩人駭然互望，目光往右方斜道投去，一隊騎兵進入他們的視線，奔下斜道。

接著是幾輛馬車，粉碎了山城的寧靜。

城門處傳來「軋軋」響音，吊橋緩緩降下。

龍鷹大吃一驚道：「我的老天爺！佟慕白棄城逃亡哩！」

龍鷹、萬仞雨、風過庭、丁娜、丁慧、丁麗、丁玲和小福子，呆看著眼下舉城逃亡的可怕情景。

最先離開的是洱海王佟慕白的王族大隊、大小官員、將兵以及他們的家眷，人數逾二萬，離城後朝北行，是到姚州都督府的方向。接著是城民扶老攜幼逃亡，其慌惶混亂的情況，看看亦感難過。

再沒有人可壓制像瘟疫般傳播的恐慌，大部分人均追著捨棄他們的王族隊伍，部分人逃往洱西平原的方向，也有人乘漁舟逃到洱海。到天色大明，哭喊聲大幅降低，僅餘疏落零星的騾馬車，仍不絕如縷的穿城過橋，開始不知何時方休的流亡歲月。

小福子臉如死灰，不住喃喃自語：「完了！完了！」重重複複。

反是丁娜四女神色如常，默默瞧著。

萬仞雨苦笑道：「這是武懿宗棄趙州的歷史重演。」

他說的是當年武曌任武懿宗為神兵道行軍大總管，率軍二十萬抵達趙州，聞得契丹軍來攻，大懼下棄城逃亡，丟棄了大量軍資器仗，被契丹人不戰而得的舊事。

風過庭道：「同樣是膽小如鼠，可是趙州對武懿宗來說，是無關痛癢，但風城對佟慕白來說，卻是累世安居的樂土。」

龍鷹道：「夷平洱西集的作用生效了。」

丁娜見三人仍是氣定神閒的神態，忍不住問道：「我們現在怎辦好呢？」

龍鷹笑道：「當然是守穩山城，不容宗密智越雷池半步。」

小福子失聲道：「人都走光了，憑甚麼去守城？」

龍鷹道：「人多有人多的守城，人少有人少的守城。你們不是有到洱海秘道的捷徑嗎？早點離開吧！可以走得輕鬆點。」

丁娜斷然道：「小福子快去找越大三兄弟。龍爺、萬爺和風公子敢留下來，我們四姊妹也不走，只要給我們弓和矢便成。」

看著不住有人加進離城的難民潮，萬仞雨道：「王堡和城門的兵衛所，怎都該有弓矢一類東西留下來。」

丁慧不屑的道：「他們不論弓或矢，都是工陋質劣，射不及遠，用多了又易斷折。」

龍鷹向萬、風兩人笑道：「是去取回兵器的時候了，順手起出幾箱強弓勁箭，弩箭機則可留待日後之用。」

萬仞雨道：「風城雖據險而築，卻非堅城，幸好敵人亦欠攻城經驗，兩下扯平。」

又向龍鷹道：「你最好留在這裡，免得皮羅閣來找我們時，還以爲我們溜掉了。」

龍鷹道：「我們須張羅幾輛騾車，好運載守城的利器。」

丁麗興奮的道：「我們有一輛騾車，越大他們有三輛，橫豎他們用不著，我們這就去借車。小福子一道來，以便跟他們一起離開。」

看著四女和小福子匆匆離去，風過庭道：「要攻入風城，必須克服寬闊水足的護城河，即使準備充足，仍至少要三天時間，那足夠我們殺傷對方很多人了。」

龍鷹狠狠道：「是殺死！」

只看他雙目魔芒大盛，便知他動了眞火。

第十七章　風城聚義

龍鷹心情沉重的舉步而行，來到斜道中央。上方是王堡和被城民離城前搶掠一空的倉庫，原本熱鬧昇平的美麗山城，變成無人的鬼域。

他在散佈著形形式式、千百種類城民於匆匆逃亡下，遺棄了諸般物品的斜道上坐下來，呆瞪著斜道盡端敞開的城門，百感交雜。

人從茹毛飲血，到建立起文明的城市，變化不可謂不大，但戰爭卻從未改變過。

城門口一人掠進來，以龍鷹的鎮定功夫，亦心中一震，差點不相信自己的眼睛。

那人亦渾體遽顫，目光箭矢般朝高踞斜道中間的龍鷹投來，猶豫片晌，往他直掠而上。

來人視漫長的斜道如平地，幾下呼吸間來至龍鷹身前，目射奇光地打量坐地的龍鷹，長笑道：「敝國有兩句話，就是今天在戰場上兵刀相對，明天在青草地上把酒言歡，怎想得到可在這座棄城內，重遇龍兄？」

龍鷹歎道：「我的娘！怎會是覓難天呢？甚麼風把你吹到這裡來？」

竟然是吐火羅的可怕高手覓難天，當日他與天竺高手白帝文聯袂追蹤他，被龍鷹憑武功計謀，擺脫他們，但亦勝得極險。後來又藉羌塘的特殊環境逼得他知難而退，但因覓難天表現得非常有風度，贏得龍鷹的好感。最後有關他的消息，是從横空牧野處聽來，他已離開了欽沒晨日。

覓難天道：「看龍兄坐得那麼舒服，我可以坐下來嗎？」

兩人以漢語交談。想不到覓難天竟說得一口流利的漢語。

龍鷹表示同意後，覓難天在他身旁坐下，微笑道：「當日鬥個你死我活，怎想到有並肩坐著閒聊的一天？人生眞是離奇古怪。」

龍鷹道：「這好像不該是覓兄會來的地方？」

覓難天道：「來之前我也有這個想法，但現在已觀感大改，這地區著實不錯，對我來說，更是個充滿機會的地方。」

龍鷹道：「這麼說，覓兄是不得已下才到南詔來。」

長風吹拂下，覓難天垂肩的長髮不住飄動，配上他英偉的容顏，如電如火的淩厲目光，確有不可一世的高手氣派。道：「和龍兄說話，沒有廢話，我到這裡來，是要殺一個人。」

龍鷹道：「不會是宗密智吧！」

覓難天雙目射出仇恨，語氣卻是高手級的冷漠，淡淡道：「也差不了多少，我要殺的是逃到這裡來投靠他的欽沒，這禽獸不如的畜生，姦殺了由他送給我的兩個女人，以宣洩對我離開的憤恨。這件事我只說一次，細節不想提了。龍兄又是爲甚麼到這裡來？」

龍鷹不忍騙他，道：「我的故事更離奇曲折，很難解釋清楚，但目的卻可清楚告訴你，就是要幹掉宗密智，眼前要務則是死守這座空城。」

覓難天道：「幸好你遇上我，這座城池，即使有足夠人手，能守上三、四天已非常了不起。因爲隨欽沒一起投靠宗密智的隨從裡，有個叫張魯的人，此人最善攻城之術，韋乞力徐尚輾在邏些城郊的堅強戰堡，便是被依他的戰法和製作的攻城工具攻克的。」

龍鷹咋舌道：「我的娘！幸好遇上你。」

覓難天灑然道：「以前你是我最害怕的敵人，現在則爲我最敬重的朋友，大家有沒有合作的可能性呢？與你並肩作戰，肯定是平生快事。」

龍鷹道：「待我守上他娘的十天、八天再說吧！」

覓難天失聲道：「你仍不肯放棄這座用大鐵鎚也可搗個稀巴爛的城池嗎？」

龍鷹道：「看清楚點，首先是一條長石橋，接著是護城河、甕城、主城牆。不計最低的一層，再上是四層臺地，每層臺地高八丈至十丈不等，還有位於最高處的堡壘。要攻陷這麼一個地方，並非人多可辦得到。」

覓難天皺眉道：「你有多少人手？」

龍鷹輕鬆的道：「若不計算你，暫時有七個人。」

覓難天難以相信的嚷道：「七個人？還要輪流睡覺呢！」

龍鷹道：「忘了告訴你，七個人中只有三個算打得幾下，包括小弟在內，其他是只懂射箭的士女。」

覓難天呆瞪著他，說不出話來。

龍鷹用手肘輕撞他，眨眼睛，道：「究竟是七個人還是八個人？」

覓難天歎道：「這算否強徵入伍呢？」

兩人對望一眼，齊聲狂笑。

一個聲音在後方響起，道：「龍兄仍可以笑得這般開懷，令本人深感欣慰，似是從沒有希望裡，看到希望。」

兩人早曉得有人從王堡走下來，故不以爲異。

皮羅閣在龍鷹另一邊坐下，道：「加上本人、舍妹和一百個隨來的手下，總人數變爲一百一十人。缺乏的是弓矢，我剛才到王堡去搜索，找到的全是見不得人的東西。嘿！這位是……」

龍鷹介紹他們認識，兩人雖仍未有相處的機會，但一個是蒙舍詔王位繼承人，一個是曾在吐蕃叱咤一時的外來高手，大家又都表現出守空城的膽色和勇氣，自是一見如故。

龍鷹拍胸保證道：「弓矢包在我身上，立即送到，且是一等一的貨色。」

皮羅閣道：「糧食包在我身上，剛在王堡內發現個糧倉，佟慕白離開後，我和手下立即進駐王堡，不准亂民踏足半步，因爲那變成了我們最後的堡壘。我的手下仍在搜索中，以佟慕白的膽子，堡內怎都該有條逃生秘道。」

龍鷹對他的機智大爲欣賞，順口問道：「令妹也在王堡裡嗎？」

皮羅閣道：「昨夜她溜出城外，說要探聽敵人的行動。她自少愛獨行獨斷，王父也奈何不了她。」

龍鷹忍不住問道：「她叫甚麼名字？」

皮羅閣現出古怪的神色，道：「龍兄最好自己問她，看她肯否說給你聽。不過在族內她有個外號，叫月靈。」

龍鷹怔了怔，道：「弓矢來哩！」

兩人目光投往城門去，四輛騾車魚貫而入，出乎三人意料之外，後面還跟著十多人。

龍鷹只用眼看，已知來的是蒼山鷹族的戰士。十八個人，一式黑熊皮製成的戰革背心，內穿牛皮衣褌，綁腿革靴，袒露粗壯的手臂，武器配備是一雙尖頭巨斧、八尺長矛和弓矢，人人粗壯如牛，散髮披肩，自有一股逼人而來狂野豪雄的派勢，輪廓粗獷，眼神淩厲，無一不是一等一的高手。

最令人觸目的，是立於他們每一個人左肩處的神鷹，有大有小，最巨型的比得上風過庭的愛鷹，一點不怕人，還以銳利的鷹目打量迎上來的龍鷹、皮羅閣和覓難天三人。

騾車停下。

鷹族戰士齊聲尖嘯，肩上神鷹紛紛振翼高飛，遮天蔽日。

風過庭從騾車跳下來，笑道：「我們是互相給對方驚喜，這位朋友一看便知是非凡人物，怎會忽然出現在這裡呢？」

覓難天以漢語道：「本人吐火羅覓難天，若我沒有猜錯，閣下該是大周女帝的御前劍手風過庭。對嗎？」

龍鷹拍額道：「忘了我們曾經是敵人，對朋友可以糊塗，對敵人卻不能不清楚，那我不用介紹，覓兄亦該曉得誰是萬仞雨。」

覓難天先和風過庭握手爲禮，再握緊走過來與他打招呼的萬仞雨，欣然道：「一次遇上中土的三大頂尖高手，世上竟有這麼便宜的事，定要請各位好好指教，讓覓難天可從三位處偷學點東西。」

覓難天不論外形氣度，武功談吐，都令人一見心折，萬、風兩人均感投緣。

十八個鷹族戰士，分作兩排，扇形般圍攏過來，不住打量龍鷹和覓難天，對皮羅閣反沒那麼在意，顯然是識貨之人，察覺到兩人的高明。

風過庭一手抓著領頭的鷹族戰士的粗臂，微笑道：「這位可算是我敵人兼少年時代的好友，我中的兩箭其中之一是他射的，不過在我養傷時，最勤力出山來探望我的亦是他，所以我早原諒他了。」

被風過庭抓著的鷹族戰士長笑道：「能得庭哥兒視我爲好友，是我夜棲野的榮幸，我們今次到風城來，是奉巫長之命，參與你們對付蒙巂人和越析人的戰爭，生死在所不計。」

接著逐一介紹隨來的戰士，聽他說話的神態語調，便知十八人中，以他爲首。

丁娜四女此時來到一旁，興奮得俏臉發亮，將她們崇拜英雄好漢的心意，表露無遺。

龍鷹三人與他們握手致意，夜棲野等曉得皮羅閣乃蒙舍詔的王位繼承人後，都非常看重他，非因他的身分，而是因蒙舍詔是施浪詔外另一個有勇氣反抗宗密智的部落。

皮羅閣道：「鷹族一向不管蒼山外的事，爲何今趟破例呢？」

夜棲野聞言，雙目神光遽盛，冷然道：「五天前，有大批鬼卒入侵我們的聖地，意圖不軌，但怎瞞得過我們的神鷹群？被我們當場擊殺了二十五人，生擒三人。在嚴刑逼供下，始知他們是奉宗密智之命，來查看聖主是否葬在我們的聖地內，好爲宗密智偷取聖主的骸骨。」

龍鷹道：「鬼卒是甚麼傢伙？」

皮羅閣代爲解釋道：「鬼卒是我們對宗密智親兵團的稱謂。這批鬼卒人數不多，大約在三百人間，卻是宗密智由兩族裡親自挑選，再經他一手訓練，能以一當百，善攀山越嶺、涉水過河。對宗密智忠心耿耿，悍不畏死。要殺一個都非常困難，如此一次被幹掉二十八個人，是從未發生過的事。」

他說來輕描淡寫，卻對鷹族明捧暗讚，夜棲野等顯然非常受用，氣氛更趨融洽。

皮羅閣又道：「聖主指的是不是白族已過世、可敬和偉大的丹冉大鬼主呢？」

夜棲野恭敬的應是，頗有識英雄重英雄的味兒，態度與前有別。

龍鷹三人交換個眼色，均感宗密智如此急於找尋眉月的骸骨，事情絕不尋常。幸好對方不曉得小宛是眉月的婢子，否則定會對那截河段生疑。風過庭向夜棲野皺眉道：「我帶小宛到鷹谷去，是三天前的事，為何發生了這樣的事，卻不告訴我？」

只聽他直接質問人人敬畏的鷹族戰士，且帶著怪責的口氣，便知他和鷹族關係密切。

夜棲野歉然道：「庭哥兒你當日來去匆匆，兄弟又未得族巫許可，所以沒有告訴你。庭哥兒走後，我們立即報上族巫，並告知他你要與兩位漢人兄弟去死守風城，族巫感到事態嚴重，鬼卒來犯與庭哥兒的回來，非是偶然，當夜立即舉行請神的法事，祈求鷹神的啓悟。」

神鷹漫空飛翔，似在熟習山城的新環境，眾人則屏息靜氣，聆聽夜棲野敘述到風城來助守的來龍去脈，惟只永不停下來的西北風呼呼作響，還有是洱海注入護城河，再朝東南流去的水響。

十八個鷹族戰士，眼中均現駭異之色，顯然是當夜請神儀式的情景，因回憶而歷歷在目。

夜棲野仰望天上浮雲冉冉的青天，忽然發出鷹鳴般的連串尖嘯，群鷹像接到命令般，全體朝南飛去，令人歎為觀止。

皮羅閣動容道：「鷹族懂鷹語的傳言，果然是名不虛傳。」

夜棲野傲然道：「我是要讓宗密智曉得，我們來了！」

見到眾人期待的目光，續道：「我們可敬的族巫，剛點燃祭壇的主火，鷹神已降附其身，如此靈效，是從未有過的，透過族巫，鷹神賜示，我族的存亡，全繫於庭哥兒身上。丹冉大鬼主和宗密智不宣而戰的劇鬥，並沒有因丹冉大鬼主的離世而歇下來，反更趨激烈，且到了決定勝負的時刻，關鍵處便是風城。」

龍鷹駭然道：「我的娘，竟如此靈驗？」

眾人均感頭皮發麻，夜棲野說的，是沒有人可以理解明白的，但卻是千真萬確的存在著，其內容更是玄之又玄，逾越了人鬼的界線。

夜棲野道：「儀式後，我們舉行全體出席的族會，上一次舉行族會是十六年前，丹冉大鬼主死訊傳來的那天晚夜。在族會裡，我們做出一致的決定，就是神鷹級的戰士，傾巢而出，到風城來追隨庭哥兒。」

風過庭道：「鷹族戰士分三個等級，就是馴鷹、守鷹和看鷹。看鷹泛指技藝未精或未成年的鷹人，守鷹是能攀上鷹窩，技藝已成的戰士，馴鷹最是難得，是能獨力馴服一頭神鷹。現在整個鷹族三十五歲以下的一輩，只有他們十八個人有此資格。」

丁娜四女「呵」的一聲叫起來，崇敬的目光在他們身上溜來溜去，令鷹族戰士更感光采。

夜棲野欣然道：「但最偉大的馴鷹人，仍是庭哥兒，當年他寧死仍不肯傷我們任何一人，又得鷹群自動保護他，不許我們下手奪他性命，已贏得我們全族最高的禮敬。今日我們將族規解梏，自有其前因後果，絕非偶然。」

直到此刻，除龍鷹三人外，其他人都是聽得似明非明，一知半解，皮羅閣還好一點，覓難天和丁娜四女都是一頭霧水。可是在現場充滿壓迫力的凝重氣氛下，誰都不敢打破砂鍋問到底，怕觸犯鷹族的禁忌。

此時數十個皮羅閣的手下從王堡處走下來，皮羅閣向他們打出手勢，手下們領命後散往斜道兩旁的房舍，繼續搜索有用的物資。

夜棲野動容道：「全是高手，有多少人？」

皮羅閣謙虛的道：「在敝族內，算是一流的好手，共一百人，眞後悔沒多帶幾個來。」

此時萬仞雨和風過庭亦察覺到他作爲一族繼承人的領袖魅力和智慧，比之施浪詔的澤剛，至少高出一籌。

皮羅閣道：「在關上城門前，趁現在可拿主意的人都在場，讓我們先決定一件事，就是誰當這次守城之戰的總指揮。本人謹代表蒙舍詔，推舉龍鷹兄。」

覓難天笑道：「龍兄不但是我們的最佳選擇，且找遍天下仍沒法找到另一個比他更有資格的人，我覓難天可以告訴你們，在被他單人匹馬，於羌塘逼退我們一千五百人的部隊前，我從未想像過世間竟有如他般了得的人物。」

除萬仞雨和風過庭外，人人動容。

夜棲野難以相信的道：「怎麼可能呢？其中之一還是像覓難天般的高手。」

覓難天推崇備至的道：「這是鐵般的事實，高原上人盡皆知，憑的不但是蓋世的武功，還有機智戰略。」

夜棲野的目光向風過庭投去，沉聲道：「庭哥兒的決定，便是我們的決定。」

風過庭好整以暇的道：「龍帥請賜示下一步的行動。」

眾人爆起震城的歡呼和喝采聲。

第十八章　月靈公主

箱蓋抓起，露出箱內被油布包裹，疊放整齊的長弓。

眾人「嘩」的歡叫起來，雖仍未看到包裹裡的東西，但從其外形長度，已知是特製的長弓。

覓難天雙目放光道：「竟是五尺五寸的長弓，不適合在馬背上用，但守城或攻城卻是不二之選。弓長則勁而遠也。」

萬仞雨讚道：「只聽這番話，便知覓兄對射箭非常在行。」

萬仞雨絕非隨意的捧他。要知一般步兵用的弓，長四尺八寸五分，用二尺八寸五分的箭，如此方可配合無間，發揮最有效的作用。

龍鷹笑道：「請四位美人兒爲我們的強弓拆封。」

四女早看得雙目放光，聞言毫不客氣的一擁而前，各取一把，解開裹布。

眾人金睛火眼打量著拆出來的長弓。又是「嘩」的一聲叫起來，像一群得到寶物的孩子，氣氛熱烈。

皮羅閣道：「幸好這批長弓沒落入敵人手裡，否則遭殃的將是我們。」

一般上等好弓，必須達到和而有力、久射力不屈、寒暑力一、弦聲清實、一張便正五大標準，能否達標，須看製作的工序和選料。首先是弓幹，用的是柘木、檍木或桑木，而以柘木最佳。接著是角弰和弓弦，前者用牛角，後者用牛筋。

現在拿在四女手上的長弓，不但由上等柘木製成，比一般弓長逾近尺，且角弰用的是紋順色潤的稚牛角，弦是比牛筋更優勝的鸛筋，又以雕班絲纏繞弓幹，製作一絲不苟，深合法度。四女不住拉弦又放手，發出弓弦顫震的清響。

夜棲野取出一弓，不費吹灰之力連拉十多次，歎道：「我明白王子的話了，此等肯定是五石以上的強弓。」

弓的拉力，介乎一石至二石間，一石是一百二十斤，兩石的拉力，是二百四十斤，五石便是六百斤的拉力，少點功夫，也拉不開來。

龍鷹的摺疊弓，被譽爲千石之弓，是溢美之詞，以形容超乎尋常的勁弓，乃誇大了的說法。不過若沒有千斤之力，休想拉動它少許。

風過庭道：「弓已如此，箭該不會差到哪裡去，讓我們打開一箱看看。」

兩個鷹族戰士忙搬箱去了。開箱後的結果，並沒有令他們失望，箭桿以樺木製成，經過蒸煮、曝曬的工序，筆直粗長，絲纏和膠黏的手工精緻細膩，箭鏃是加鋼淬火的精鐵，尾端用最上乘的雕翎毛。看得龍鷹三人暗暗心驚，想到的是大江聯竟能大量製造出如此利器，一旦在中土策動變亂，固然難以應付，若送往塞外供應默啜，更是乖乖的不得了。

皮羅閣在龍鷹耳旁道：「弓該足夠有餘，但箭矢卻是多多益善。」

龍鷹喝道：「美人兒何在？」

四女愛不忍釋的垂下長弓，停止把玩，嬌聲應喏，爲粗獷豪雄的守城部隊，注入溫柔婉約的味兒。

皮羅閣等還以爲他會命四女再次出城去多起出數十箱勁箭，龍鷹道：「我們就徵用市集賣麥粥的攤檔，作我們的食堂，今天一百二十七人的午膳，由你們去張羅預備。」

四女一聲領命，拿著柘木弓歡天喜地的去了。

龍鷹道：「今次輪到小弟出手，可以起出多少箱便多少箱，敵人的先鋒部隊，離風城已不到三里呢！」

龍鷹、萬仞雨、風過庭、夜棲野四人在市集粥檔，圍桌大吃美味的鮮魚粥，魚是從越大三兄弟的魚池取來，想到很快就沒魚吃了，更感滋味。

其他鷹族戰士坐滿了攤檔另兩張大圓桌，偌大的市集空寂無人，只有他們肆無忌憚的談笑聲。

皮羅閣仍和他的手下忙碌著，將搜到任何可用於守城的物資，例如火油、布帛、木料，先放到斜道上，再由人送進王堡去儲藏，以免被風吹雨打，一切井然有序，在在顯示皮羅閣細密的心思。

龍鷹忽道：「有人入城。」

夜棲野忍不住問道：「今次我也聽到吊橋下降的聲音，可是剛才大家都在城內，獨龍兄弟曉得敵人的先鋒軍已在數里之內，且應驗如神，不到半個時辰，果然在南面山野出現敵人。」

丁娜四女仍在忙著煮粥製包，以應付第二輪膳食，人數會是現在的五倍。

風過庭道：「因爲他是另一種神巫，不懂施咒作法，但卻眞的擁有靈通的本領，你可視之爲戰巫。」

這麼一說，夜棲野立即明白過來。

天上傳來鷹鳴之音，夜棲野和一眾鷹族戰士同時仰首上望。兩頭神鷹從高空俯衝而下，朝山城西北落去。

夜棲野訝道：「那邊有登城的捷徑嗎？來的是兩個人。」

向手下們打個手勢，四人離桌而去。

龍鷹嚷道：「來的該是自己人，千萬勿要傷他們。」

四個鷹族戰士舉手表示知道。

覓難天讚道：「和高手並肩作戰，格外爽快。」

夜棲野道：「龍兄弟對即將來臨的大戰，有沒有靈奇的預感呢？」

龍鷹坦然道：「實不相瞞，剛才吊橋拉起的一刻，我忽然生出能逃多遠便逃多遠的心情。在我來說，如此臨陣生出怯意，是從未有過的事。」

連萬仞雨和風過庭也爲之色變。前者問道：「是否凶兆？」

龍鷹露出充盈信心的笑容，道：「非也！而是當時我感應到宗密智，感覺到他幾乎是無從抵擋破解的厲害手段，故生出逃避之心。」

覓難天沉著氣問道：「究竟是甚麼手段？是否巫術？」

龍鷹哂道：「我根本不把他所謂的巫術放在心上，但願我能憑空掌握他的策略，但現時仍欠此能耐。」

萬仞雨別頭喝道：「小福子你回來幹甚麼？還有越三兄。」

在四個鷹族戰士押解下，小福子和越三神色慌張的來到桌前。

風過庭道：「坐下吃碗魚粥再說。」

小福子幾乎哭出來，兩眼通紅的道：「越析詔的過百戰艇，已佔據了最接近風城的小島，他們會截斷風城被圍困後唯一的逃生之路。」

越三垂頭喪氣道：「這小子跳水也要游回來，三兄弟中，只我尚未有妻兒，小福子又是我最好的朋友，只好陪他回來。唉！兩艘戰艇追在我們後方，幸好先一步抵達岸灘，但再沒法回去了。」

萬仞雨微笑道：「宗密智曉得鷹爺在這裡了。」

皮羅閣神色凝重的來了，沉聲道：「舍妹剛從城外回來，現在到了甕城的牆頭去，說有重要的事告訴我們。」

眾人均感不妙，失去吃東西的心情，齊朝城門趕去。

月靈公主傲立牆頭，寶石般的眸珠專注地看著城外敵陣的情況，似完全未察覺龍鷹等大批人登上城牆。

她沒再易容化裝，只如花間美女般在臉上抹上戰彩，塗得有點亂七八糟的，似是不願讓人窺見她的容貌。可是她卻不曉得，只是她身長玉立，勻稱優美，只有在上官婉兒之上而不在其下的身段體態，已足教天下男兒爲她瘋狂。

頭髮被綰在黑色布帛裡，在後面垂下兩條飄帶，正隨風城永不歇止的風不住飄舞，是那麼輕盈瀟灑，令人感到她不願受到任何管束的意向。

一身貼體的黑色武士服，外加素黃色的披風，正拂揚不休，仿似可在任何一刻，乘風而去。

眾人在她左右兩旁排開，往外望去。石橋外近處的樹木已被砍伐一空，現出大片斜坡空地，工事仍在進行中。

在多處高地，豎立了旌旗營帳，隱成將風城重重封鎖的派勢，在右方近洱西平原，也是營地的邊緣處，數千人正忙碌著設置木架箭樓和圍欄。

龍鷹很自然的來到月靈身旁，立即清香盈鼻，不由心中一蕩，又連忙克制，朝她瞧去，看著她起伏分明的輪廓，心忖只有雲南的高山和河流，方可孕育出如此別具風韻的絕色。她獨特和異乎尋常的美麗，可以和花秀美分庭抗禮。

月靈半眼不看他們的道：「看到那座梯田疊疊的山嗎？山上有個村寨，宗密智昨晚到了那裡，我們在牆頭看他，他亦從山頂審視我們。」

眾人目光投往前面里許外，位於丘陵地右邊的梯田山頂處，心中湧起古怪的感覺。她有種娓娓道來，一切了然於胸臆的奇異味道。她的聲音美如從蒼山淌流而下的溪泉，放任慵懶裡搖曳著淡漠和傷感，又是那麼性感誘人，有種不假修飾的態度，低迴處就如風雨迷茫的洱海，高揚處偶綴歡愉，令人難以捉摸。

眾人很想問她憑甚麼如此清楚宗密智所在處，但總感到任何問題對她都是一種不敬和拂逆，最後沒有人問出口來。

她說得是那麼理所當然，不容質疑。

月靈淡淡道：「我們怕已輸掉這場仗。」

在月靈另一邊的皮羅閣一呆道：「王妹何出此言？」

月靈像述說與己無關的事般，冷冷道：「在向風城送出戰書前，宗密智不但曉得曾助施浪人大破他部隊的三個漢人，已人在山城，還定下整個冷血卻有效、近乎完美的作戰計劃。當白族舉城逃亡，越析人乘快艇在風城後方兩邊登岸，放過佟慕白有軍隊保護的隊伍，卻俘虜了大批城民，婦孺被押送往離此里許洱西平原岸邊的營地囚禁，人數達兩萬。而逾萬壯丁，則被押至此處，會被關在有木柵箭樓圍繞的營地內。由於家小落入宗密智之手，這批俘虜是不得不爲宗密智賣命。」

萬仞雨怒哼道：「卑鄙！」

覓難天歎道：「卑鄙，卻有效，我們眞的未戰先輸，就看能否逃出去。」

包括龍鷹在內，各人的臉色都變得很難看。

不用月靈說明，也知宗密智會驅使這批無辜的白族壯丁，反過來負起攻打自己城池的任務。試問，以萬計的白族人推著泥石包來填平護城河，他們除了眼睜睜看著，還有甚麼辦法？

護城河被塡平後，用大鐵鎚已可打個稀巴爛的甕城主牆也完了，到敵人的精銳夾雜在俘虜群中殺進城來，他們除力戰而死外，再不可能有其他更好的選擇。

現在形勢清楚分明，他們已陷進死局，且是走投無路。

夜棲野沉聲道：「趁敵人現在陣腳未穩，入黑後我們來個硬闖突圍。」

月靈道：「這正是敵人求之不得的事，宗密智已在石橋外的密林佈下大批箭手，我們這樣衝出去，未過石橋，早給敵人練靶般的射殺。」

皮羅閣道：「跳水逃生又如何？如逆流游往洱海，縱有越析詔的戰艇攔截，仍有一線逃生的希望。」

一直沒作聲的龍鷹斬釘截鐵的道：「不可以！守不住風城，守不住一切。」

眾人不解的瞧著龍鷹，眼前的難題，根本是個沒可能解決的難題，在這樣的情況下，有多少人能逃出生天，就該讓多少人逃出去，怎都勝過在城內等死。另一個選擇是冷血地射殺被逼前來攻城的俘虜。

龍鷹聳肩道：「只要我們能釋放所有俘虜，讓他們去和家小團聚，再逃往洱西平原去，可將整個形勢扭轉過來。」

覓難天失聲道：「我們現在連闖過石橋的把握也沒有，還如何在強大的敵人手上救出人質？」

龍鷹笑道：「我反敗爲勝的方法，叫冥冥之中，自有主宰。敵人最厲害的手段，正是對方最脆弱的破綻。」

皮羅閣大喜道：「龍兄竟想到能應付的辦法？快說出來聽聽。」

覓難天搖頭歎道：「根本沒可能有應付的方法。」

龍鷹點頭道：「覓兄看得很準，我的腦袋忽然失靈，現在是一片空白，沒有任何奇謀妙計。」

若他不是龍鷹，眾人肯定破口大罵。給他惹起的一絲希望，旋又幻滅。現在再不是能否守得住城池的問題，而是如何突圍逃生。

月靈仍是那副冷然自若的神情，似在聽著與她全無關係的事。

龍鷹笑嘻嘻道：「我想不出來的，不代表沒人想得到，庭哥兒！該是你出馬的時候哩！」

風過庭正呆瞪著護城河，一震道：「你怎曉得我剛想到解決的方法？」

眾人喜出望外，又有點不敢相信，怕另一次的失望。

萬仞雨歎道：「冥冥之中，自有主宰。他奶奶的，我也明白了。」

風過庭見除月靈外，所有人的目光全落在他身上，灑然一笑，喝道：「越三！」

越三顫抖的聲音道：「在這裡！」

眾人大惑難解，越三不懂軍事，只是個地道的漁夫，可以從他處問到甚麼呢？

風過庭道：「洱海有潮汐嗎？」

龍鷹、萬仞雨、覓難天和皮羅閣同時叫絕，因已猜到風過庭的妙計，其他人仍是丈二金剛，摸不著頭腦，不明白洱海的潮汐漲退，與眼前的大禍可以拉上甚麼關係。

「庭哥兒！」

風過庭遽震一下，朝月靈瞧去。

月靈喚了聲「庭哥兒！」後，仍沒往他瞧來，只唇角飄出一絲笑意，輕柔的道：「這個名字非常古怪，但很好聽呵！」

龍鷹和萬仞雨交換個眼神，湧起怪異的感覺。皮羅閣亦一臉詫異。

越三口唇顫震好半晌後，終於說出話來，答道：「有！大潮時水位可高起二、三丈，大漲後是大退。」

風過庭壓下心中奇異的情緒，道：「最近的一次大潮，會在多少天後發生？」

越三道：「應是下一個月圓之夜，大約在八天後的午夜時分。」

風過庭歎道：「這就叫冥冥之中，自有主宰哩！」

《日月當空》卷十二終

新人間174

日月當空〈卷十二〉

作者—黃易
主編—嘉世強
編輯—邱淑鈴
執行企劃—林貞嫻
校對—陳錦生、邱淑鈴、黃易
董事長
發行人—孫思照
總經理—趙政岷
出版者—時報文化出版企業股份有限公司
10803台北市和平西路三段二四〇號三樓
發行專線—(〇二)二三〇六—六八四二
讀者服務專線—〇八〇〇—二三一—七〇五
(〇二)二三〇四—七一〇三
讀者服務傳真—(〇二)二三〇四—六八五八
郵撥—一九三四四七二四時報文化出版公司
信箱—台北郵政七九~九九信箱
時報悅讀網—http://www.readingtimes.com.tw
電子郵件信箱—liter@readingtimes.com.tw
法律顧問—理律法律事務所 陳長文律師、李念祖律師
印刷—鴻嘉彩藝印刷股份有限公司
初版一刷—二〇一三年十月三日
定價—新台幣二二〇元

⊙行政院新聞局局版北市業字第八〇號

國家圖書館出版品預行編目(CIP)資料

日月當空 / 黃易著. -- 初版. -- 臺北市：時報文化, 2012.11-
冊；　公分. --（新人間；163-）

ISBN 978-957-13-5829-1（卷12：平裝）

857.9　　101021080

ISBN 978-957-13-5829-1
Printed in Taiwan